神様たちのお伊勢参り⑫

長い旅路の果て　後編

竹村優希

双葉文庫

谷原芽衣《たにはらめい》

不運続きの中、思いつきで伊勢神宮へ神頼みにやってきた。

楽天家で細かいことは気にしない。天のはからいにより「やおよろず」で働くことに。

燦《さん》

およろず」唯一の
駐従業員。
静かで無表情。見
目は子供だが、仲
をこなしつつ、厨房
任されている料理人。

天《てん》

元は荼枳尼天《だきにてん》に仕える狐だが、出稼ぎと称して神様専用の宿「やおよろず」を経営している。

性格はぶっきらぼうだが、日々やってくる沢山の神様たちを一人で管理するやり手な一面も。

シロ

と同じく、ヒトの姿に
けられる白狐。芽
のことを気に入ってい
、天をライバル視し
いる。神様相手の
売を画策中。

猩猩《しょうじょう》

気配を消すことができる、赤毛の猿。

神々すらなかなか出会えない稀有な存在だが、芽衣に懐きやおよろずに居候中。

仁《じん》

天と共に荼枳尼天に仕えていた兄弟子。

陸奥の神様専用宿「可惜夜」の主。

因幡《いなば》

昔話で語り継がれている、因幡の白うさぎ。過去に大国主に救われて以来飼われている。

ずる賢くイタズラ好き。

長い旅路の果て　後編

4

長い旅路の果て　後編

正面に琵琶湖《びわこ》を臨む「レイクサイドホテル」の屋上から景色を見渡すとき、芽衣《めい》は生まれ故郷に帰ってきたことをしみじみ実感する。

そんな琵琶湖も、ここから歩いて十五分の距離にある実家で暮らしていた頃は、あえて考えることもないくらいごく当たり前の存在だった。

事実、泳いだり、キャンプをしたり、バーベキューをしたりと、過去の思い出の多くは琵琶湖と共にある。

しかし、数年間離れた上でこうして改めて眺めていると、キラキラと輝く静かな湖面にノスタルジックな気持ちが込み上げ、ふと、こんなに美しかっただろうかと見入ってしまう瞬間があった。

そんなときは、なんだか「おかえり」と言われているような気がして、胸がぎゅっと締め付けられる。

「故郷」とは、どうしてこうも切ない響きを持つのだろう。

思えば、芽衣にとって故郷とは、特別な場所でありながら、同時に二度と戻るつもりのない場所でもあった。

そんな薄情な自分すらも受け入れてくれる懐の深さが、逆に苦しくもある。

ただ、ここでの生活にどんなに体が馴染《なじ》もうとも、もう昔のような「当たり前の存在」という感覚は戻ってこない。

おそらく、別の当たり前の存在を、――当たり前にあり続けると信じていた存在を、まだ断ち切れずにいるからだろう。

気付けば、あの別れの日から、間もなく一年が経とうとしていた。

＊

あの日、鳥居を抜けてヒトの世に戻った芽衣は、すぐに意識を失った。

目覚めたのは、見覚えのある和室で。

そこは、いつか麻多智《またち》によって無理やりヒトの世に追いやられたときに芽衣が働いていた旅館、「華月《かづき》」の従業員用の部屋だった。

以前と同じように、神の世に滞在していた期間の過去が調整されたのだろうと、芽衣はすぐに察した。ただし、前と明らかに違うのは、神の世での記憶をすべて持っていること。

自分が置かれた状況を把握すると同時に、最初に頭に浮かんできたのは、やはり天《てん》への思いだった。

どうしようもなく涙が溢《あふ》れ、布団に潜り込んでしばらく泣き続けたときの絶望感は、とても忘れられない。

すべて自分で決めたことだと、後悔してはならないと、何度自分に言い聞かせようと、そのときばかりはどうにもならなかった。

やがて、芽衣は父のもとへ帰るという目的を果たすため、その日のうちに大女将《おおおかみ》と話をし、華月を辞めると伝えた。

大女将はまるですべての事情を知っているかのごとく芽衣の言葉をすべて受け入れてくれ、「ここを第二の家だと思って、伊勢《いせ》に戻ってきたときには必ず顔を出して」と言ってくれた。

天と別れたこの伊勢は、自分にとってもっとも辛い場所になるだろうと考えていたのに、大女将の言葉と微笑《ほほえ》みは、そんな思いが払拭されるくらいに慈愛に満ち、心を優しく温めてくれた。

伊勢を発《た》ったのは、それから二週間後のこと。

いつか、笑って戻ってくる日がやってきますように。

そう願いながら電車に揺られ、数年ぶりに降り立った故郷の駅で、芽衣はまず先に父に連絡をした。

迎えに来てもらえないかと伝えると、父はよほど驚いたのだろう、ずいぶん長いこと絶句していた。

実際に会ってもなお挙動不審な父に対し、芽衣が真っ先に伝えたのは、「お母さんのお墓に連れていってほしい」という願い。

父はしばらく呆然《ぼうぜん》とした後、突如、ぽろりと一筋の涙を流した。

「それ、……どこで知ったの」

「神様が教えてくれた」

明らかにおかしな返答なのに、父はなにも聞かなかった。

もし聞かれたら父には本当のことを言おうと、どんなに疑われても嘘《うそ》は言わないでおこうと心に決めていたけれど、なにも、聞かなかった。

ただ、運転しながらひとり言のように零《こぼ》した「神様に感謝しなきゃ」という呟《つぶや》きには、胸に込み上げるものがあった。

初めて訪れた母のお墓はとても綺麗《きれい》で、生けられている花はまだ新しかった。

蘇民将来《そみんしょうらい》のところで鳩《はと》が見せてくれた過去の通りに、父は今も頻繁に訪れているのだろう。

芽衣はお墓の前で手を合わせ、長い年月苦しんでいた母のことを思った。

当時の母の決断が正しいのかどうか、正直、芽衣にはよくわからない。

ただ、幼い芽衣の心を案じての決断だったことは確かであり、その思いだけは汲んであげなければならないと思った。

「あの、芽衣。……なにか、辛いことあった？」

車へ戻りながら、しばらく無言だった父が突如口にしたのは、遠慮がちなひと言。

思えば、芽衣は昔から父に対して、口を開けば適当なことばかり言っているような印象を持っていた。

けれど、そのストレートな問いかけには、芽衣と同様に、もう誤魔化《ごまか》したくないという思いが滲《にじ》んでいた。

「いろいろあったよ。辛いことも、一回だけ」

「そう、なんだ……。大丈夫……？」

「今はあまり大丈夫じゃないけど、でも全部自分で選んだから。だから、それが間違ってなかったことを、これからちゃんと証明しなきゃいけないの」

「……そっか」

「うん。とりあえず、お母さんに会えてよかった」

そう言うと、前を歩く父がふいに俯《うつむ》く。

その少し頼りない後ろ姿を見ながら、――あのときこの人の娘であることを否定しなくてよかったと、目先のことに気を取られるあまり一人ぼっちにするところだったと、改めて考えている自分がいた。


その後。

しばらく実家で暮らすことを決めた芽衣は、ひとまず近くの「レイクサイドホテル」で契約社員として働きはじめ、――はや一年。

レイクサイドホテルはオープンしてまだ十年弱と比較的新しく、やおよろずに比べれば見た目も設備もどこか無機質であり、よく言えば近代的だった。

ただ、ホテルの屋上から眺める琵琶湖の風景はとても美しく、初めて見たときに心を掴《つか》まれて以来、芽衣は屋上で休憩を取ることを習慣としていた。

そんな、ある日。

芽衣がいつも通りベンチに腰掛け湖面をぼんやり眺めていると、ふいに背後から物音が響いた。

「谷原《たにはら》さん」

振り返ると、そこにいたのは直属の上司にあたる廣岡《ひろおか》。

総支配人の長男であり、いずれは後継者となる人物だ。

年齢は二十九とまだ若く、背が高く顔も整い、条件だけ聞けば近寄りがたいように思うけれど、実際に話すと驚く程に穏やかで、まったく偉ぶることもない。

ホテルの規模があまり大きくないこともあり、誰もが気さくに接している。

そんな廣岡のことを悪く言う従業員に、芽衣は一年働く中で一度も出会ったことがなかった。

「どうしました？　……もしかして私、休憩時間オーバーしちゃってたり……！」

慌てて立ち上がると、廣岡は人懐こい笑みを浮かべ、首を横に振る。

「いやいや、違うよ。実は話したいことがあって捜してたんだ」

「話したいこと？　私にですか？」

「うん。……とりあえず、これを見てくれる？」

廣岡はそう言って、芽衣に一枚のクリアファイルを差し出した。

受け取って中を確認すると、いきなり目に飛び込んできたのは、「正社員登用試験のご案内」という一行。

「正社員……？」

ポカンとする芽衣に廣岡は頷《うなず》き、ベンチに座るよう促した。

「そう。……どうかなと思って。谷原さんは本当によく働いてくれて、なによりお客様からの評判がすごくいいし、接客に向いているなあっていつも感心してるんだ。できればずっとここで働いてほしいから、今回の正社員登用に君を推薦したいなと思っていて」

「私を……」

このホテルの従業員の半分は契約社員であり、正社員を希望する場合は年に一度の登用試験を受ける必要がある。

ただ、それを受けるには管理職の社員から推薦をもらう必要があるとのことで、人員の枠が狭くハードルも高いという噂《うわさ》を芽衣も耳にしたことがあった。

芽衣は戸惑いながら、手元の資料を見つめる。

ありがたいことだとわかっているし、もちろん普段の働きを認められたことは嬉《うれ》しい。

ただ、心のずっと奥の方で、――本当にこの土地に身を埋《うず》めていいのだろうかという小さな迷いが燻《くすぶ》っていた。

思っていた反応と違ったのだろう、廣岡はわかりやすい程困惑した様子で芽衣の顔を覗《のぞ》き込む。

「どうした？　もしかして、あまり乗り気じゃない……？」

「い、いえ！　ただ、考えもしなかったご提案だったので、少し驚いてしまって……」

慌てて首を横に振ると、廣岡はほっと息をついた。

「そうだよね。急にごめん。でも、谷原さんはこの仕事が好きなんでしょ？　確か、以前は伊勢の『華月』で働いていたんだっけ？」

「……はい」

「僕も数年前に泊まったことがあるんだけど、格式の高い素晴らしい旅館だよね。あそこで働いていたなら、どこでも通用しそうだ。……そう考えると、うちなんかじゃちょっと物足りないかな」

「そ、そんなこと……！」

ふたたび首を横に振る芽衣を見て、廣岡が可笑《おか》しそうに笑う。

「ごめん、ちょっと意地の悪い言い方だったかも」

「……」

「正直、ちょっと必死なんだ。君にどうしても続けてほしくて。……私情を挟んじゃ駄目だってわかってるんだけど」

「私情……？」

「いや、……ともかく、考えてみてくれないかな。もしなにか悩んでるなら、いくらでも相談に乗るし」

「わかりました。……ありがとうございます」

「じゃあ、僕は戻るよ。休憩の邪魔してごめんね」

廣岡が爽やかな笑みを残して去った後、芽衣は静かになった屋上でこっそりと溜《た》め息をついた。

そして、ふと、やおよろずでの日々を思う。

「接客に向いてる、かぁ……」

廣岡は芽衣を褒《ほ》めてくれるけれど、やおよろずではたびたび失敗を繰り返していたし、褒められるよりも呆《あき》れられた記憶の方がずっと多い。

滞在中の神様たちに迷惑をかけたことも、数えきれない程思い浮かぶ。

けれど、誰もが未熟な芽衣を優しく受け入れてくれ、そうやって少しずつ仕事を学んできた。

芽衣にとってあの日々の記憶は宝物であり、ときどき思い返すと、それだけで幸せな気持ちになれる。

ただ、逆に言えば、覚悟を決めてヒトの世に戻り、仕事をはじめてこの土地に根を張りはじめてもなお、どこか前に進みきれないでいるのは、過去があまりにも眩《まぶ》しすぎるせいだと自覚していた。

社員になれるチャンスを貰《もら》いながら戸惑ってしまったことも、明らかにそれが影響している。

芽衣はクリアファイルをひとまずベンチに置き、そっと目を閉じた。

やおよろずでの日々を思い出しながら、心に広がりはじめたモヤモヤを一旦落ち着かせようと。

すると、早速脳裏に広がったのは、鳥居や玄関や板張りの廊下や階段など、すっかり馴染みの風景。

芽衣は想像の中で廊下を進み、厨房《ちゅうぼう》を目指した。――しかし。

「あれ……、厨房……は……」

ことあるごとに集っていたはずの厨房を、そのときは、なぜだかいつものように上手《うま》く思い出すことができなかった。

まるで記憶にモヤがかかったかのように、厨房の入口より奥には、ただただ真っ白な空間が広がっている。

なんだか嫌な予感がして、芽衣は厨房にあったものを順番に頭に思い浮かべた。

「まず、手前にカウンターがあって……、その奥に……」

しかし。

「その奥、には……」

それ以上は、どんなに考えてもなにも浮かんでこず、不安から、次第に指先が小さく震えはじめる。

そして、同時に予感していた。――もしかすると、大切な記憶を失いはじめているのではないかと。

それはもっとも考えたくない恐ろしい推測だったけれど、芽衣にはそう考えざるを得ない心当たりがあった。

というのも、神の世で過ごしていた間にも、芽衣は同じようなことを経験している。

初めて異変を感じたのは、ようやく神の世での生活に馴染みはじめた頃。

最初こそなにもかもに戸惑っていたのに、やがて神様や化身はおろか妖《あやかし》の存在すらも当たり前になり、逆に、ヒトの世での記憶がみるみるあやふやになった。

前はどうやって過ごしていたか、どんな仕事をしていたかも思い出せず、迷い込んだときに着ていた服や持っていた荷物もいずれ消え、けれどそれをなんとも思わず、ついには父の顔すらも曖昧《あいまい》になった。

今の症状は、あの頃の感覚を彷彿《ほうふつ》とさせる。

「天さん……」

不安に駆られ、芽衣は咄嗟《とっさ》に天のことを頭に思い浮かべた。

もし、天のことまで思い出せなくなってしまったら——。

一瞬過《よぎ》った可能性に、背筋がゾッと冷える。

しかし。

そんな不安を拭い去るような勢いで、頭の中に次々と、オレンジ色の髪や派手な着物やたまに見せる意地悪な笑みが浮かんできた。

『——芽衣』

名を呼ぶ優しい声を想像すると、甘い香りや少し高い体温までが、はっきりと蘇《よみがえ》ってくる。

大丈夫だと、なにひとつ忘れていないと、心底ほっとした芽衣は、ベンチでぐったりと脱力した。

しかし、あまりに鮮明に思い出してしまったせいで、今度はどうしようもなく寂《さび》しさが込み上げてくる。

絶対に忘れたくはないけれど、思い出すのも苦しい。

ふと、この葛藤《かっとう》を永遠に繰り返すのだろうと芽衣は思う。

ただ、――たとえこれから一生、傷をひたすら抉《えぐ》り続けるだけの日々だったとしても、記憶を残してもらったことへの後悔はなかった。

芽衣には、一年前に絵馬に綴《つづ》った「天さんが、永遠に幸せでいられますように」という願いさえ叶うならば、どんなことでも乗り越えられるという気概がある。――しかし。

ほんの数日後、芽衣が抱える苦悩の厳しさを思い知ることになるなんて、そのときの芽衣は想像もしていなかった。

その日、レイクサイドホテルにはずいぶん宿泊者が多く、チェックインを開始した直後から、従業員の誰もがバタバタしていた。

ようやく落ち着いたかと思えば突如フロントから内線が入り、受けるやいなや響いたのは「谷原さんって、着物の着付けできるんだよね？」という、フロント係の困りきった声。

聞けば、客室から内線があり、「着物が着崩れてしまったので直せる人を呼んでほしい」という要望があったとのこと。

式場を併設しているような大手のホテルならともかく、このホテルに着付けができるスタッフの常駐はない。

そこで、旅館に勤めていた芽衣に声がかかったという流れだった。

一年前まで毎日着物で仕事をしていた芽衣はすぐに了承し、指示されるまま客室へ向かう。

部屋をノックすると、顔を出したのは若い女性。

女性は着物の裾を片手でたくしあげながら、泣きそうな顔で芽衣を部屋に引っ張り込んだ。

「谷原と申しま……」

「どうぞ入ってください！　着付けできる人がいてよかった……！　早速お願いします……！」

「わ、わかりました……」

女性の勢いに怯《ひる》みながらも、改めてその姿を見ればもはや着崩れているというレベルではなかった。

状態から判断するに、この女性は滅多に着物を着る機会がないのだろう。

これならいっそ最初からやり直した方が早そうだと、芽衣は両袖を捲《まく》り上げて気合を入れ、女性の帯に手をかけた。

「では、長襦袢《ながじゅばん》から着付け直しますね」

「そ、そんな最初から……？」

「大丈夫、すぐ終わります」

女性は不安げだったけれど、芽衣が宣言した通り、すべてを終えるまでさほど時間はかからなかった。

「終わりましたが、いかがですか……？」

鏡の前に案内すると、女性は目を丸くし、嬉しそうに微笑む。

そして、芽衣の手を両手で握った。

「完璧！　ありがとうございます……！　実は、今日は大切なお得意先からのお呼ばれで来たんですけど、着物で出席する会なんて初めてで……。着付けをお願いする時間がなかったので、ネットで調べながらなんとか着たんですけど、新幹線で寝ちゃってるうちにだんだん崩れてきて……」

「そ、そうでしたか……」

「でも、お陰で間に合いそうです……！」

芽衣は最初に見たときの酷《ひど》い状態を思い浮かべながら、女性の気苦労を思う。

詳細はわからないけれど、大切な会にいきなり着物で参加するよう言われれば、多くの人が戸惑うだろう。

女性は鏡の前で何度も自分の姿を確認し、それからふと芽衣に視線を向けた。

「谷原さんは私とたいして歳が変わらなそうなのに、こんなに綺麗に着付けができるなんてすごいですね！　もしかして、習ってたんですか……？」

「いえ……、我流ですし、ただの慣れです。長く旅館に勤めていましたので、そこで覚えました」

「旅館ってことは仲居さん？　素敵！　どこの旅館？　この辺り？」

女性は安心して気が緩んだのか、さっきまでの不安など忘れてしまったかのように、嬉しそうに話を続ける。

　普段は宿泊客を相手に自分の話をすることなんてまずないけれど、女性の人懐っこさも影響してか、芽衣はいつの間にかその勢いに流されてしまっていた。しかし。

「伊勢にある、華月という旅館です」

「え、伊勢の華月……？　そこ、毎年両親と泊まってる旅館です……！　超いい旅館じゃないですか……！」

　まさかの反応に、芽衣は思わず動揺する。

　というのも、確かに芽衣はずっと華月にいたことになっているが、それはあくまで調整された記憶の中での話だ。

　数年間にわたる、華月で過ごした偽りの記憶を一応持ってはいるけれど、言うなれば映画の予告映像くらいにざっくりしている。

　神の世での記憶を持っていなければさほど気に留めなかったかもしれないが、両方を持っているからこそ、華月での記憶がなおさら曖昧に感じられてならなかった。

　そんな状態で、毎年華月に泊まっていると話すお得意様からこれ以上追及されてしまえば、ボロを出しかねない。

　とはいえ、女性は贔屓《ひいき》にしている旅館の話題が出たことがよほど嬉しかったのだろう、すっかり目を輝かせていて、とても話を変えられるような空気ではなかった。

「ご、ご存じでしたか……」

「ええ、思い出がたくさんあるし、大好きな旅館です！　それにしても、旅館に住み込みで働くなんて、ちょっと憧れるなぁ……。ちなみに、ずっと華月にいらっしゃったんですか？」

「あ……、いえ、実は華月はそう長くなく……」

誤魔化したのは、咄嗟の判断だった。しかし、女性の追及はさらに続く。

「そうなんですね！　その前はどちらに？」

「あ、えっと……」

「そこも、伊勢の旅館ですか？」

「は、はい。ただ、とても小さな旅館ですし、今は営業していないので、ご存じないかと……」

「私、伊勢なら結構詳しいですよ！　ちなみに、なんて旅館ですか？」

どんどん墓穴を掘っていると後悔するも遅く、おまけに、芽衣には適当に躱《かわ》す話術などない。

結果、今は営業していないという前置きをしたのだから、もういっそ正直に答えても問題ないだろうと、覚悟を決めて口を開いた。

しかし。

「な、名前は……、や——」

ふいに言葉が止まったのは、躊躇《ためら》いからではなかった。

「や……？」

「や……、えっと……」

なぜだか、名前の続きが出てこない。

鳥居やその佇《たたず》まいははっきりと浮かんでいるのに、名前だけが。

「や、やな、……やなぎ、です」

混乱の最中無理やり捻《ひね》り出したのは、なくもなさそうな名前。

込み上げる不安でどうにかなりそうな芽衣を他所《よそ》に、女性は小さく首をかしげた。

「やなぎ、かぁ。……すみません、詳しいって言っておきながら聞いたことないかも」

「い、いえ……！　本当に小さな旅館でしたから……」

芽衣は慌てて首を横に振り、それからわざとらしく時計に目を向ける。

「では、私はそろそろ失礼しますね……。またお困りの際はいつでもお呼びください」

「長々と引き止めちゃってすみません、本当に助かりました！」

そして深々と頭を下げ、部屋を後にした。

廊下を歩きながら、背筋がじわじわと冷えていく感覚を覚える。

「どうして……、名前……」

大切な場所の名前を忘れてしまったなんて、とても受け入れられなかった。

もはや仕事ができるような精神状態ではなく、芽衣は内線で具合が悪く休憩に入りたいと連絡を入れ、その足で屋上へ向かう。

そして、ベンチにぐったりと腰掛けた。

「や……、の、続きは……」

頭の中でほんのかすかな手がかりをたぐり寄せるように、芽衣は大切な記憶を必死に辿《たど》る。

「や……、やお……」

ふいに二文字目が蘇り、同時に天の姿が頭を過った。――そして。

「やお……、よろ、ず……」

ようやくその名を口にした瞬間、全身からどっと力が抜ける。

芽衣は心の中で何度も「やおよろず」と繰り返した。

一度思い出してしまえば、どうして忘れていたのか不思議なくらい、その響きはしっくりと体に馴染んでいる。

けれど、それを手放しで喜べるほど、おおらかにはなれなかった。

「やおよろずの名前を忘れるなんて……」

考えてみれば、ほんの数日前にも、厨房の様子が思い出せなくなったばかりだ。

このまま少しずつ、いずれはすべての記憶が消え去ってしまうのではないかと、言い知れない恐怖に駆られ、芽衣はベンチの上で膝を抱える。

すると、そのとき。

「谷原さん！」

背後から、慌てて駆け寄ってくる足音が響いた。

振り返る気力すらなかったけれど、その声で、廣岡だとすぐにわかった。

廣岡は芽衣の傍《そば》へ来ると、動揺した様子で瞳を揺らす。

「具合悪いんだって？　こんなところにいちゃ駄目だよ、送るから今日はもう帰りな……？」

その深い心配の滲む声を聞いた瞬間、芽衣の混乱しきっていた気持ちは少しだけ落ち着きを取り戻した。

「ご心配をおかけしてすみませんでした。……でも、座っていたら少しよくなってきました」

「いやいや、もう仕事は一段落したし、無理する必要ないから」

「いえ、本当に大丈夫です。しばらく食欲がなかったので、少しフラッとしただけで……」

慌てて誤魔化したものの、廣岡はどこか疑わしげに眉《まゆ》を顰《ひそ》める。そして。

「あのさ。……もしかして、なにか思い詰めてるんじゃない……？」

ぽつりと、そう呟いた。

動揺からつい目が泳いでしまい、廣岡はやはりとばかりに溜め息をつく。

「僕は頼りないかもしれないけど、話して楽になることだってあるかもしれないよ……？」

「頼りないなんて、そんなこと……」

「最近、なんだか辛そうに見えるときがあって。……もちろん、働きぶりは申し分ないんだけど……」

廣岡の口調からは、一生懸命言葉を選んでくれている配慮が窺《うかが》えた。

いっそ、全部吐き出してしまえればどんなに楽だろうと頭を過ったけれど、当然、本当のことなど言えるはずがない。

返すべき言葉が思いつかず、芽衣は黙り込む。

すると、廣岡はしばらくの沈黙の後、突如ポケットから携帯を引っ張り出し、芽衣に画面を向けた。

「そうだ、ここ知ってる？」

見れば、ディスプレイに表示されていたのは餌を食べるアルパカの写真。

その上に、カラフルな文字で「びわこ動物公園」と書かれていた。

「動物公園、ですか……？」

「そう！　動物が結構自由に歩き回っていて、どっちかって言うと牧場に近いかな。まだオープンしてそんなに経っていないし、県外に出ていた谷原さんは行ったことないんじゃないかと思って」

「そう、ですね。知らなかったです」

「あの……、よかったら、今度一緒にどうかな」

「え……？」

「ほ、ほら、動物って癒されるし、気分も変わるんじゃないかなって。……実は僕、動物がすごく好きで、家にも猫が三匹いてさ……」

珍しく目を泳がせるその様子につられ、芽衣も緊張を覚える。

すると、廣岡は我に返ったようにわざとらしく咳払《せき》いをし、いつも通りの笑みを浮かべた。

「い、いや、ごめん。具合が悪いときに誘っても考えられないよね……。ただ、もし気が向いたら声かけてよ。僕はいつでも歓迎だから」

「は、はい……、心配をおかけしてすみません。……お気遣い、本当にありがとうございます」

「いや、気遣いっていうことでもなく……」

「え？」

「……なんでもない。ちなみに、谷原さんはどんな動物が好き？」

突然向けられた質問に、芽衣はキョトンと廣岡を見つめる。

しかし、頭の中には、まるで条件反射のように金色に輝く美しい毛並みが浮かんでいた。

「……狐《きつね》、です」

なかば無意識に呟くと、廣岡は首をかしげる。

「狐？　……珍しい答えだね」

「変ですか？」

「変じゃないけど、好きな動物を聞かれて狐って答える人、あまり聞いたことがないからさ。狐のどういうところが好きなの？」

「どういうところ……。かっこよくて優しくて、強いところでしょうか……」

「……えっと、今って狐の話してるんだよね？」

「え？　そうです、けど……」

「いや、なんか動物を語るにしては思い悩んでる雰囲気だなと……」

不思議そうに言う廣岡を見て、芽衣は一瞬ポカンとしたものの、思わず笑い声を零した。

動物の話題だったのに、なんの疑問も持たずに天のことを思い浮かべてしまっていたと。

笑った芽衣にほっとしたのか、廣岡はさらに言葉を続ける。

「僕は、狐にはどっちかっていうと意地悪なイメージがあるかも。……ほら、絵本とかでは、悪者扱いされることが多いでしょ？」

「意地悪……。確かに、間違ってはないと思います」

「やっぱり？　それに、強いって感覚もあまりないかなぁ……。むしろ、天敵に遭遇したときは逃げ足が速そう」

「いえ、それが結構強くて、勇敢なんですよ」

「そうなの？……それにしても、詳しいんだね」

「はい。……好きなので」

そう言いながら、芽衣の頭を過っていたのは、天が身を挺《てい》して守ってくれた数々の過去の出来事。

どれだけ体格差のある相手を前にしても、天は逃げ出すどころか、怯む様子すら一度も見せたことがない。

しかし、こうして改めて人と狐のことを話すと、おそらく廣岡のイメージの方が一般的なのだろうという思いもあった。

というのも、芽衣もまた、それこそ天と出会うまでは、狐に対して廣岡に近い印象を持っていたからだ。

「……もしかしたら、無理してくれていたのかもしれませんね」

思いついたまま声に出してしまい、廣岡がわずかに眉根を寄せる。

「えっと、……狐が？」

「はい」

困らせていることはわかっていたけれど、天のことを考えはじめると、止められなかった。

思えばあの頃の芽衣は、天の傍にいれば怖いものなんてないと絶大な信頼を寄せ、それを疑ったことは一度もない。

その一方、天が戦いの末にボロボロになった姿を何度となく見てきた。

いかに無理をして自分を守ってくれていたか、ひとつひとつ思い返すごとに胸が張り裂けそうになる。

こんな大切なことに今さら気付くなんて、——離れてから、さらに好きになるなんてと、心の中が苦しさと寂しさでみるみるいっぱいになった。

「廣岡さん、すみません……。やっぱり今日は早退させていただけますか……？」

「え？　……ああ、もちろん。家まで送るよ」

「いえ、そこまでご迷惑をおかけするわけにはいきませんから……」

「そんなの、気にしなくていいのに」

「ありがとうございます。……でも、大丈夫です」

芽衣は廣岡の申し出を丁重に断り、ベンチから立ち上がる。

すると、廣岡もその後に続き、出口へ向かう芽衣の横に並んだ。

「谷原さんは真面目だから少し心配だよ。たまには有給でも取って、ゆっくりしてみるのもいいんじゃない？」

「有給、ですか……」

「そう。シフトの希望もほとんど出さないし、あまり休んでないでしょ？　いつでも承認するから気軽に言ってね」

芽衣は頷きながら、本当にいい上司だとしみじみ思う。廣岡のことだけでなく、ここは、自分には勿体ないくらいに温かい環境だと。

けれど、それでも、――ここ一年というもの、大きく空いた心の隙間《すきま》が埋まることはなかった。

ヒトの世に根を張って生きようと決心していたのに、実際は神の世での記憶を失うことにひたすら怯《おび》え、思い出にしがみついている。

情けない、と。自分自身を責める言葉が、体の奥に沈んでいく。

それは、いずれ身動きが取れなくなるのではと不安を覚えるくらいに、ずっしりと重く感じられた。

帰り道、芽衣がふらりと立ち寄ったのは、八坂《やさか》神社。

そこは自宅の最寄りにある小さな神社で、芽衣は幼い頃からなにかあるごとにここで願掛けをしていた。

そんな馴染み深い神社に蘇民将来《そみんしょうらい》が祭られていると知ったのは、故郷に帰ってきて間もなくのこと。

なんだか強い縁を感じ、それから頻繁に訪れるようになった。

その日も、芽衣はいつも通り本殿の前に立って目を閉じ、ずいぶん長いこと手を合わせた。

小さく古いこの神社への参拝者は、そう多くはいない。

けれど、地域の人たちから氏神様《うじがみ》として親しまれ、正月にはかなりの賑《にぎ》わいを見せる。

「……あなたの娘になっていたかもしれないと思うと、不思議ですね」

ふいに零した小さな呟きが、静かな境内に吸い込まれた。

「……だけど氏神様だし、見守ってくれてるって意味ではお父さんとそう変わらないのかも」

もちろん、返事はない。

ただ、芽衣にとってここは、神の世でのことを口にできる唯一の場所だった。

静かで荘厳な空気のせいか、なんだか蘇民将来が耳を傾けてくれているような気がして、つい心の中を吐露してしまう。

そうすることで、いつも少しだけ寂しさを紛らわせることができた。

けれど、その日はどんなに時間をかけても、心のモヤモヤが晴れることはなかった。

言うまでもなく、やおよろずの名を忘れてしまうという衝撃的な出来事が影響している。

あのとき生まれた不安は、芽衣の心の中で今もなお膨らみ続けていた。

「私、いずれは忘れちゃうんでしょうか……」

自然と、語尾が震える。

「やおよろずのことも、過ごした日々も、燦《さん》ちゃんや因幡《いなば》やシロや、……天さんのことも」

天の名を口にした途端、目の奥がじわっと熱を持った。——しかし。

ふいに背後から気配を覚え、芽衣はハッと我に返る。

そして、こんなところを見られたらさぞかし怪しまれるに違いないと、たちまち冷静になった。

ここは自宅から近く、万が一相手が顔見知りだった場合、おかしな噂が飛び交ってもおかしくない。

芽衣は顔を伏せ、慌ててその場を離れようとした――けれど。

「――魂が不安定ね」

突如女の声が響き、思わず足が止まった。

驚いて顔を上げると、目線のすぐ先に立っていたのは、ひと目でわかる程に派手な格好をした女。

大きく鎖骨を露出したワンピースにヒールの靴という、この辺りではまず見かけないその出で立ちは、神社の風景から完全に浮いていた。

「……あの」

さっきの言葉は私に宛てたものですかと尋ねかけ、芽衣は口を噤《つぐ》む。わざわざ聞くまでもなく、女の視線はまっすぐに芽衣に向けられていた。

女は呆然とする芽衣との距離をゆっくりと詰め、どこか怠《だる》そうな表情を浮かべる。

そして。

「男運が、ない」

唐突に、そう言い放った。

「は……？」

「今、あなたを狙《ねら》っている男は、とても惚《ほ》れやすいのよ。それはもう、病的に。過去に一目惚れと表現した恋は、ざっと八回。……まあ、悪い人ではないけれど、結婚したら苦労しそうね」

「あ、あの、なんの話ですか……」

「だから、あなたの男運の話」

「いや、なんで……、というか、そもそも私を狙ってる人なんていませんし……」

「あら、こっちは病的に鈍いのね。いい戦いだわ」

「……」

あまりに不躾《ぶしつけ》な物言いに、芽衣は言葉を失う。

ただ、頭では相手にすべきでないとわかっているのに、なぜだか立ち去ろうという気にはならなかった。

むしろ、心のずっと奥の方で、このおかしな応酬をどこか懐かしく感じている自分がいる。

なんだか心がモヤモヤして、芽衣は女をまっすぐに見つめた。

「あなたは、誰ですか……？　どうして私に話しかけたの……？」

芽衣からの問いを受け、女はニヤリと笑みを浮かべる。そして。

「占い師よ。流浪の占い師」

「流浪……？」

「そう。いろいろな土地を転々としながら、いかにも不幸そうな顔をしている人に話しかけるのが趣味なの」

返されたのは、酷く不快な答えだった。なのに、込み上げる苛立《いらだ》ちすらも、いちいち芽衣の記憶を刺激する。

こんな感覚は、初めてだった。

「……悪趣味ですね」

「ありがとう」

「……」

「さて、ここからが本題なんだけど」

「……まだなにかあるんですか？」

怯む芽衣を見て、占い師はさらに笑みを深める。

ただ、楽しげに笑っていながらも向けられる視線はどこか鋭く、芽衣は思わず息を呑《の》んだ。

「そう言わず、聞いておいた方がいいわよ。さっきも言ったけれど、あなたの魂は今酷く不安定だから、なんとかした方がいいと思って」

「魂が不安定……？　そんなこと言われても……」

「信じるか信じないかはあなたの自由だわ。ただ、せっかくあなたについている強い加護が、ずいぶん弱ってしまっているの。それは、とても勿体ないことなのよ」

「私についている加護、ですか」

「ええ。本来はとても強いはずの、――竜の加護が」

竜と聞いた途端、心臓がドクンと大きな鼓動を鳴らした。

条件反射のように脳裏に浮かんできたのは、神の世で関わってきた数々の竜たちの存在。

ふと、この占い師はあの竜たちのことを知っているのではないかと、――もしかすると、向こう側の存在なのではないかと、強い緊張と期待を覚える。

しかし。

「たまーに、いるのよ。竜に愛されるタイプの人がね。あなたもそうなのだけど、それに上手くあやかれていないというか。……そんなふうに不幸な顔をしていると、加護ってどんどん弱くなってしまうものなのよ」

占い師が続けた内容は、芽衣の期待を裏切り酷く無難だった。

それでも一度持ってしまった可能性を拭えず、芽衣はいっそ正体を聞いてしまいたい衝動に駆られる。

とはいえ不用意に尋ねられるような内容ではない上、芽衣にはさりげなく探るという高等な話術もない。

迷う芽衣を他所に、占い師はさらに言葉を続けた。

「とりあえず、竜神たちが祭られている場所を訪ねてみたらどう？　そうすれば、きっとまた強い加護を得られると思うから」

「竜神たちが祭られてる場所……」

「ええ。すでに加護を持っているということは、あなたが過去に訪ねたことのある場所よ。心当たり、あるでしょう？」

「それは……、あります、けど」

「それなら話は早いわね。ぐずぐずしていないで、一刻も早く行った方がいいと思うけど」

「……」

そのとき芽衣の脳裏に浮かんでいたのは、三柱の竜神たちの存在。

篠島《しのじま》の竜神に、大浪池《おおなみいけ》のお浪《なみ》に、田沢湖《たざわこ》の八郎太郎《はちろうたろう》。

出会いはすべてかけがえのない思い出であり、もし今もその加護があるというのなら、これ以上嬉しいことはない。

もちろん、奇妙な占い師の言葉をそのまま鵜呑《うの》みにする気にはなれないけれど、竜神の存在に心当たりがあるぶん、無視してしまうのも躊躇われた。

そもそも、鑑定料を支払っていないのだし、わざわざ芽衣に虚言を言う理由はない。

芽衣は戸惑いながらも、もう少し話を聞いてみようと顔を上げる。――しかし。

「あれ……?」

すでに、占い師の姿はなかった。

たった今まで目の前にいたはずなのにと、芽衣は境内をぐるりと見回すが、やはりどこにも見当たらない。

まるで、夢を見ていたかのような心地だった。ただ、ほんのかすかな残り香が、その可能性を否定している。

「なんだったんだろう……」

ぽつりと呟くと、一瞬、妖艶な笑い声が聞こえた気がした。

それはどこか懐かしく、芽衣の心を刺激する。

「なんか……、どこかで、会った気が……」

そんなはずはないと思いながら、胸のざわめきが収まらなかった。

芽衣はしばらく呆然と立ち尽くした後、やがてすっかり残り香の消えた神社を後にする。

そして、ふわふわと落ち着かない気持ちのまま帰路を辿りながら、――ふと、竜神たちのところにお参りに行ってみようかと、自然に考えている自分がいた。

もちろん、神の世にいた頃のような交流は叶わないが、そんなことはわかりきっているし、むしろたいした問題ではない。

ただ、ほんの少しでも竜神たちの気配を感じることができたなら、日々募り続ける不安や寂しさを拭えるかもしれないという期待はあった。

考えはじめたが最後、会いたい衝動がみるみる膨れ上がっていく。

行ってしまおうと決断するまで、さほど時間はかからなかった。

芽衣は携帯を取り出し、早速、三箇所にわたる竜神たちの居場所への行き方を検索した。

愛知《あいち》に秋田《あきた》に鹿児島《かごしま》と行き先はバラバラだが、仕事を始めて以来、父に渡す生活費以外はほとんど手をつけておらず、しばらく旅に出る程度の貯金はある。

さらに、今日まさに、廣岡から有給を取るよう勧められたばかりだ。

まるで、なにもかもに背中を押されているようだと芽衣は思う。

心も体も軽くなったような感覚を覚えたのは、ずいぶん久しぶりだった。

＊

河和港《こうわこう》から出る高速船に揺られながら、芽衣はキラキラと輝く海をぼんやりと眺めていた。

愛知県は知多《ちた》郡。

最初の行き先は、篠島。

おかしな占い師と会った翌日、芽衣は早速、廣岡に有給の相談を持ちかけ、出発したのはそれから二週間後のこと。

なかば勢い任せだったけれど、後悔はなかった。むしろ、竜神たちに会えると思うと、清々《すがすが》しい気持ちだった。

高速船は途中、日間賀《ひまか》島を経由し、到着までは約一時間。

その間、芽衣が思いを馳せていたのは、もちろん篠島の竜神のこと。

篠島の竜神とは、本来はひとつの体に同居するはずの「荒御魂《あらみたま》」と「和御魂《にぎみたま》」という対極な性質を持つ二つの魂が別々に存在する、珍しい神だ。

その響きの通り、荒御魂はとにかく荒々しく、和御魂は穏やかで優しい。

出会いのきっかけは、和御魂が天に「海を荒らす荒御魂をなんとかしてほしい」と相談を持ちかけてきたことだった。

理由は、伊勢神宮で執り行われる神嘗祭《かんなめさい》のために篠島から奉納される名産「おんべ鯛《だい》」を運ぶ奉納船を、荒波から守りたいというもの。

というのも、荒御魂は和御魂を誘い出すため、明らかに奉納船を狙っているという話だった。

もし神嘗祭の当日に荒御魂が海で暴れてしまえば、奉納船はとても無事ではいられない。

そういう事情で、船が航行する少しの間でも荒御魂を大人《おとな》しくさせたいというのが、和御魂の願いだった。

「荒御魂、怖かったな……」

懐かしい記憶を辿りながら、思わずひとり言が零れる。

それは無理もなく、海で大暴れする荒御魂の大きく恐ろしい姿を目にしたときの衝撃は、とても忘れられそうになかった。

あのときは、あんなに恐ろしい神を前にして、自分にできることなんてあるのだろうかとすっかり途方に暮れた。

結果的に、皆で手を尽くして奉納船は無事だったけれど、今になって思えば、あれはさまざまな幸運と偶然が重なって起きた奇跡としか言いようがない。

次は同じようにはいかないだろうと、芽衣は改めて思う。──そのとき。

「あれ？　……次、って」

ふと、芽衣の頭にひとつの疑問が過った。

思えば、あのときは荒御魂の動きを止めることには成功したものの、荒御魂が消えたわけでも、改心させたわけでもない。

むしろ、来年も力を合わせて荒御魂を撃退しようと、和御魂と約束を交わした記憶がある。

しかし、あの日からもう何年も経つけれど、荒御魂が暴れているという話はあれから一度も聞かなかった。

「諦めたの、かな……」

浮かべた仮説がしっくりこず、芽衣はさらに考え込む。

しかし、結局なにも思いつかないまま、船は篠島に到着した。

気にはなるが、なにもなかったのならそれに越したことはないと、芽衣は考えるのをやめて篠島に降り立つ。

　そして、海からの風に煽《あお》られると、気持ちが一気に高揚した。

　足が赴くままに歩きながら、ふと、前に天が連れてきてくれたときのことを思い浮かべる。

　ただ、いつもひと気のない場所を選び、宙を駆けるようにして移動していた天とは視点が違いすぎるせいか、懐かしいという感覚はあまりなかった。

　芽衣はしばらく歩いた後、島の住人に竜神のことを聞いてみようと思い立ち、ひとまず店を探す。

　ちなみに、出発前に調べてみたところ、篠島にはパワースポットが数多くあるものの、竜神を祭っているような場所は見つけられなかった。

　それは無理もなく、そもそも神様とは、ヒトに忘れられれば消えてしまう、儚《はかな》い存在なのだという。

　そして、篠島の竜神の姿は、芽衣が出会った当時ですでに、桶《おけ》で水浴びができるくらいに小さかった。

　調べてすぐに情報が出てくるくらいに広く知られている神様ならば、そうはならない。

　おそらく、地元の人たちの間だけでひそやかに語り継がれているのだろうと芽衣は予想し、できるだけ昔から営業していそうな飲食店を選んで中に入った。

引き戸が開く小気味良い音が響くと同時に、こぢんまりした店内に「いらっしゃい」と明るい声が響く。

見れば、カウンターの中には六十歳前後と思《おぼ》しき夫婦の姿があった。

昼時にはまだ早いせいか、他に客の姿はない。芽衣はカウンター席に座ると、ひとまず「おすすめ」と書かれた定食を注文した。

間もなく目の前に運ばれてきたのは、生のしらすを贅沢《ぜいたく》に使った海鮮丼がメインの定食。

篠島には「おんべ鯛」の印象を強く持っていたけれど、丼に盛られたしらすはいかにも新鮮で、ひと口食べた瞬間美味《おい》しさに目を見開いた。

「おいしい……」

思わず感想を零すと、夫婦が嬉しそうに笑う。

「今朝獲れたばかりだから」

そのいかにも人のよさそうな笑顔を見て、気持ちがふっと緩んだ。

この二人にならば聞きやすそうだと、芽衣は期待を込めて二人を交互に見つめる。

「あの……、唐突なんですけど、篠島の竜神様のこと、ご存じでしょうか……」

しかし、二人は顔を見合わせ、小さく首をかしげた。

「竜神様……？　いや、聞いたことがないな……」

すぐに情報を得られるなんて思ってはいなかったけれど、そのまったく心当たりのなさそうな様子に芽衣は肩を落とす。

「そうですか……。すみません、ありがとうございます」

笑みを浮かべたつもりが、あまり上手くいっていないことは、申し訳なさそうな二人の表情から明らかだった。

「あ、えっと、実はこの島の歴史を調べていて……。人伝てに竜神様の話を聞いたので、興味が湧いて。……ただ、それだけなんです」

芽衣は咄嗟に言い訳を並べる。

すると、主人はなるほどと頷き、それからとつとつと語りはじめた。

「私たちは篠島の生まれだけれど、若い頃から長く島を出ていたから、歴史にはそう詳しくなくてね……。うちの親父なら知っていたかもしれないが、昨年他界してしまったしなぁ……。親父の世代はもうあまり残っていないし、協力してあげたいけれど……」

「そんな、十分です……、変なこと聞いてすみませんでした」

「いえいえ。ただ、あなたのような若い方が島に興味を持ってくれているなんて聞くと、すごく嬉しくなるよ。是非、また気軽に足を運んでくださいね」

「もちろんです……！　私にとって篠島は、大切な人にゆかりのある、思い入れの深い場所ですから」

二人から返された優しい笑みに、心がふわっと温かくなる。

情報は得られなくとも、優しい夫婦との出会いに、一人旅の心細さを拭い去られたような気がした。

やがて正午が近付くにつれ次第に他の客が入りはじめ、芽衣は二人にお礼を言って店を後にする。

そして、海沿いの道をふたたび当てもなく歩いた。

ネットの情報によれば、篠島の外周は八キロ程。ただ、主に人が居住しているエリアは船着場のある北側から中央部にかけてとのことで、あまり南に行ってしまえば情報収集がしにくくなってしまう。

芽衣は中央部に差し掛かったところでひとまず立ち止まり、一度引き返そうかと考えながら、石の堤防に寄りかかってぼんやりと海を眺めた。

道の先の方に視線を向けると、海沿いは綺麗に整備された海水浴場になっていて、数百メートルにわたる真っ白い砂浜が見える。

ただ、海水浴にはまだ早く、人の気配はほとんどなかった。

芽衣は湖のように凪《な》いだ海面を見つめながら、小さく溜め息をつく。

思えば、篠島を訪れる前は、荒御魂のイメージが影響してか、なんとなく荒々しい海を想像していた。

しかし今日に関しては真逆で、海はとても穏やかで美しく、荒御魂の存在を忘れそうになる。

「……ここに荒御魂がいるなんて、嘘みたい」

なかば無意識にそう呟いた瞬間、――突如、小さな違和感が頭を過った。

荒御魂は、――竜神は、今もここに存在しているのだろうか、と。

思い返せば、さっき出会った定食屋の夫婦が、歴史に詳しかった父親は亡くなり、その世代はもうあまり残っていないと話していた。

もし、今現在竜神の存在を知る人間が一人も残っていなかったとするなら、当然、竜神はもう存在しない。

そんなことを考えたくはないが、もしその仮説が合っている場合は、荒御魂があの年以降まったく現れなかった辻褄《つじつま》も合う。

「そんな、まさか……」

思わずひとり言が零れた。

途端に、笑顔で篠島へと帰っていった竜神の姿が脳裏に蘇ってくる。

あのときは、当然のようにまた会えると思っていたし、それを疑いもしなかった。

しかし、あれを最後に消えてしまった可能性も、ないとは言えない。

考える程に、じわじわと後悔が込み上げてきた。

あの日以降、荒御魂が現れなかったことにもっと違和感を持っていれば、なにかできることがあったのではないかと。

ただ、ヒトの世で暮らす今の芽衣には、できることどころか、真実を知る方法すらない。

芽衣はモヤモヤした気持ちを抱えたまま、堤防に力なく背中を預ける。

「竜神様……」

不安に押し出されるようにその名を口にすると、余計に胸が苦しくなった。――しかし、そのとき。

「今日の竜神様は、ずいぶん大人しいね」

突如、どこからともなく声が聞こえ、芽衣は目を見開いた。しかし、慌てて周囲を見回してみたものの、人影はない。

「今、竜神様って……」

他の言葉なら幻聴として片付けていたかもしれないが、竜神となるとそうはいかない。

芽衣はもう一度、ゆっくりと周囲に視線を彷徨《さまよ》わせる。すると。

「お嬢さん、こっち」

ふたたび、さっきと同じ声が聞こえた。

なんだか下の方から聞こえた気がして、芽衣はふと思いつき、堤防に這い上がって海側を見下ろす。

すると、二メートル程下の消波ブロックの上で釣りをしている、年配の男と目が合った。

「あ、あの……、さっき竜神様って……」

戸惑いながらそう口にすると、男ははっきりと頷き、いかにも人のよさそうな笑みを浮かべる。

「お嬢さんも、さっき竜神様を呼んでいただろう？」

「呼びました、けど……」

「今日は海がずいぶん凪いでいるから、竜神様は昼寝中かもしれないなぁなんて考えていたところだったんだよ。そんなときにお嬢さんの声が聞こえたものだから、つい返事をしてしまった」

男は、さも当たり前のように竜神のことを語った。

その途端、さっきまで不安でどうしようもなかった気持ちが、みるみる高揚していく。

「竜神様のこと、ご存じなんですね……」

念を押すように問いかけると、男は可笑しそうに笑った。

「そりゃあ知ってるさ」

「あの……、竜神様って有名なんですか……？　でも、さっき島の方に聞いてもご存じなくて……」

「有名はちょっと言い過ぎだなあ。ただ、俺のようにこうしていつも海で遊んでいるような老人たちの多くは知っているし、いつも竜神様頼りだよ。……お嬢さんは、竜神様に興味があるのかい？」

「……はい。どうしても竜神様にお参りをしたくて、来ました」

あまりに真剣に頷いたせいか、男はやや意外そうな表情を浮かべる。けれど、すぐに笑みを戻して釣竿《つりざお》を下に置き、芽衣に手招きをした。

「珍しい若者もいるもんだ。ただ、俺らにとっての竜神様とは篠島の海そのものだから、お参りするならもっと海の近くにおいで。もう少し先に行けば、ここに下りられるようになってるから」

芽衣は頷き、言われた通りに堤防を迂回《うかい》して男の場所へ向かう。

すると、男は不安定な消波ブロックから平坦な足場まで移動し、芽衣を迎えてくれた。

「あ、あの、私……、竜神様のことを知っている人はほとんど残っていないって、事前に聞いていて……」

男のもとに辿り着くやいなや、まず口を突いて出たのは、さっきから膨らみ続けていた疑問。

今にも忘れ去られようとしていたはずの竜神を、偶然出会った男が知っていたなんて、嬉しい反面少し不思議だった。

しかし、男は小さく首をかしげる。

「いや……、有名は言い過ぎと言ったが、ほとんど知られていないってのも、それはそれで言い過ぎだな……。確かに御神体はないが、竜神様はみんなの心の中にちゃんといる」

「心の中に……？」

「ああ、しっかりとね。そういえば、竜神様にまつわる有名な伝説がひとつあるが、聞くかい？」

「はい、是非……！」

まさか伝説まで聞けると思わず、芽衣は勢いよく頷く。

すると男は足場にタオルを敷いてくれ、そこに座るよう芽衣を促した。そして。

「篠島の竜神様は、その昔、誰にも手を付けられないくらい大暴れしたことがあるんだそうだ。竜神様の中にある荒々しい心が暴走してしまったとかで、嵐のように海が荒れたんだよ」

男が始めた話に、芽衣は早くも高揚する。その冒頭は、芽衣たちが数年前に直面した状況とよく似ていた。

「荒々しい心って、荒御魂ですよね」

衝動を抑えられずにそう言うと、男は嬉しそうに目を細める。

「さすが、お参りに来ただけあってよく知ってるな。その荒御魂が毎日海を荒らすせいで、島の人間は海に出られず、困り果てていたんだとか。……しかし、そんなとき、突如、海に姫神が舞い降りてね」

「姫神様……？　それって、どちらの……」

多くの姫神たちと会ってきた芽衣にとって、誰が現れたのか気になってしまうのは、ごく自然なことだった。

しかし、男は苦笑いを浮かべ、首を横に振る。

「残念ながら、名前までは言い伝えられていないんだが……、ただ、大きな兎《うさぎ》を従えた、とても勇敢な姫神だったとか」

「大きな、兎……？」

途端に、胸騒ぎを覚えた。

大きな兎と聞くと、芽衣には強烈に思い当たる存在がある。それは、芽衣が神の世にいる間、多くの時間を共にした、因幡。

しかし、因幡を保護したのは大国主《おおくにぬし》であり、姫神ではない。因幡の他にも大きな兎の化身が存在したのだろうかと疑問が浮かぶ中、男はさらに言葉を続けた。

「兎を従えた姫神は、暴れる竜神の背中にひらりと飛び乗り、背中を駆け抜けて頭の上へ乗ると、その口の中に神々しい粉を振り撒いたんだとか」

「神々しい、粉……」

「すると竜神は酷く苦しみ、それからすっかり大人しくなってしまったんだそうだ。美しい姫神の伝説ならよく聞くが、そんな逞《たくま》しい話は滅多にないだろう？　その影響か、竜神を信じる島の男たちの中には、強い女性に惹かれる者が多いっていう話だよ」

男の話を聞き終えた芽衣は、ただただ呆然とした。

それは無理もなく、男が語った伝説は、芽衣が神の世で実際に経験した出来事と、ほとんど同じだったからだ。

かなり脚色されているものの、あのときは確かに因幡も一緒だった。

そして、男が「神々しい粉」と表現したものはおそらく、暴れる荒御魂を止めるために因幡が口の中に撒いた、山椒《さんしょう》の粉のことだろう。

「それって、伝説……なん、ですね」

動揺しておかしな反応をしてしまった芽衣に、男は少し首をかしげながらも、誇らしげに頷いた。

「俺も仲間たちも、この伝説をすごく気に入ってるよ。これからもずっと語り継いでいきたい話だ」

「これからも、ずっと……」

「ああ。ずっとね」

ふいに、胸がぎゅっと震える。

そして、芽衣は確信していた。竜神は消えてしまいそうだった竜神は今もしっかりと存在していて、今もしっかりと存在していて、さらに、これからも残り続けるのだと。

数年前に芽衣が神の世で経験したことが、ヒトの世で大昔から語り継がれる伝説となっているなんてあまりに奇妙だが、こうして目の前で語られた以上、否定しようがなかった。

にわかに信じがたいけれど、自分が神の世でもたらした変化が、こうしてヒトの世に影響を及ぼすこともあるのかもしれないと、芽衣は強引に納得する。

なにより、竜神が存在し続けるために自分が貢献できたということなら、芽衣にとっては、喜ばしいことだった。

あのときは天に散々心配をかけたけれど、それでも無茶をしてよかったと思わずにいられない。

なんだか清々しい気持ちになり、芽衣は立ち上がってふたたび海を眺める。

途端に海から優しい風が吹き、ふわりと芽衣を包んだ。

「……なんだか、近くに竜神様がいらっしゃる気がします」

「いつだっているよ。すぐ近くに」

「すぐ近くに……？」

「信じる者は、きっちり守ってくれる律儀《りちぎ》な神様だから」

男の言葉が心強く、芽衣は大きく頷く。

気付けば、さっきまでどうしようもなく不安だった心が、すっかり癒されていた。

「……では、私はそろそろ行きますね。素敵なお話を聞かせていただいて、ありがとうございました」

深々と頭を下げると、男は残念そうに瞳を揺らす。

「もう行くのかい？　二、三日ゆっくりしていけばいいのに」

「そうしたいのは山々なんですが、実はかなりの弾丸ツアーで……。この後、鹿児島と秋田に行くんです」

「それはすごいな……。残念だけれど、そういうことなら仕方がない。でも、必ずまたここに戻っておいで」

「はい、……必ず。本当に、来てよかったです」

〝戻っておいで〟という言い方が、芽衣を島の仲間として受け入れてくれているようで、胸が温かくなった。

芽衣はふたたび頭を下げ、男に背を向ける。

そして、足を踏み出した途端、あまりの体の軽さに思わず目を見開いた。

それは、不安が解消された解放感だけでは説明ができないくらいの、過去に経験がない心地だった。

そんな芽衣の脳裏に唐突に過ったのは、八坂神社で会った占い師の言葉。

——竜神たちが祭られている場所を訪ねてみたらどう？　そうすれば、きっとまた強い加護を得られると思うから。

ずいぶん怪しい占い師だったけれど、こうして実際に竜神を訪ね、驚く程の心身の軽さを体感した今、あの言葉はかなり的を射ていたのではないかと思える。

そのとき。

「あまり無茶をしないように」

突如背後から男の声が響き、芽衣は後ろを振り返った。

しかし、そこにはもう男の姿はない。

「あれ……？」

咄嗟に辺りを見回したものの、ただ消波ブロックが並んでいるだけの周囲に、隠れられるような場所なんて見当たらなかった。

それどころか、男が持っていたはずの釣竿もすでにない。

まるで夢を見ていたようだと、芽衣はしばらく呆然と立ち尽くす。

ただ、明らかに奇妙な出来事なのに、不安や恐怖心はなく、むしろ、なんだか胸に込み上げるものがあった。

「……私がすぐ無茶をすること、知ってるんですね」

なかば無意識に零れた問いが、静かな海にぽつりと響いた。

優しい風にふわりと頬を撫《な》でられ、まるで会話をしているようだと芽衣は思う。

「また、来ます。……竜神様、どうかお元気で。……今度は、釣りを教えてくださいね」

芽衣はそう言って踵《きびす》を返し、波の音に背中を押されるように足を踏み出した。

もちろん、さっきの男が竜神の化身だなんて、本気で思っていたわけではない。

むしろ、すべて都合のいい妄想だとわかった上でなお、信じたい気持ちの方が勝っていた。

ヒトの世と神の世がしっかり繋《つな》がっていると信じることで、天の気配も、近くに感じられるような気がして。

芽衣はふいに込み上げた涙を無理やり抑え、元来た道を足早に戻る。

「次は、……大浪池か」

なにもかも勢い任せに決めた旅だったけれど、芽衣の心の中には、出発前とは少し違う小さな期待が生まれていた。

夕方に篠島を後にした芽衣は、一旦名古屋へ戻り、その日のうちに飛行機で鹿児島へ向かった。

我ながらハードなスケジュールだと呆れつつも、篠島で癒された体はいつまでも軽く、疲れはまったく感じなかった。

ホテルにチェックインしたのは、夜の十一時過ぎ。

翌朝は早朝から大浪池へ向かう予定を組んでいた芽衣は、入浴と食事を素早く済ませ、すぐにベッドに潜り込んだ。

しかし気持ちが高揚して眠れそうになく、結局は諦めて起き上がり、窓の外を眺めながらお浪のことを思う。

正直、芽衣は、やおよろずの名前を忘れてしまうという衝撃的な事件以来、神の世での出来事を思い出すことに少し怖さを感じていた。

もしまた大切なことを忘れてしまっていたらと思うと、不安で仕方がなかったからだ。

しかし、そんな心配を他所に、ひとたびお浪のことを考え始めると、たくさんの思い出が怒涛《どとう》の勢いで蘇ってくる。

なにより忘れられないのは、芽衣が牛頭天王《ごずてんのう》の毒に冒されたときに、自らの身の危険を顧みず、親身になってくれたこと。

孤独だったあのときの芽衣にとって、お浪の優しさはこれ以上ないくらい大きな救いになった。

芽衣は過去のことを次々と思い出しながら、どれも欠けていないことに安堵《あんど》の溜め息をつく。

「もしかして、これも竜神様の御加護だったり……」

ただの思いつきだったけれど、あながち間違っていないような気がした。

改めて、この旅を決行して本当によかったと、芽衣はしみじみ思う。

すべては占い師との奇妙な出会いがキッカケだが、今になって思えば、あの怪しい風貌を前にしてよく話を聞こうと思ったものだと、不思議な気持ちもあった。普段なら、相手なんかせず逃げ帰っていてもおかしくないのにと。

ただ、神の世での生活が長かったせいか、怪しい者に出会うことに対し、芽衣には強い耐性がある。

もちろん、ヒトの世での生活においてはそれも良し悪しだが、今回においては明らかに功を奏していた。

いろんな偶然の重なりに感謝しながら、芽衣はふたたびベッドに入った。

時計を見れば、時刻はすでに夜中の一時半。

思い出に浸ったお陰か気持ちはずいぶん落ち着いていて、間もなく眠気が込み上げてくる。

やがて完全に意識を手放す寸前、――あのとき占い師が纏《まと》っていた香りが、ほんのかすかに鼻をかすめた気がした。そして。

『――世話がやけること』

脳裏にぽつりと響いた懐かしい言い回しが、芽衣の記憶をくすぐる。

けれど、芽衣にはそれが夢か現実なのかすらわからないまま、深い意識の底へと落ちていった。

翌朝、芽衣は早速大浪池へ向かった。

霧島連山《きりしまれんざん》の標高千四百メートルあたりに位置する大浪池までは、まずバスで「大浪池登山口」に向かい、そこから片道四十分ほどの登山が必要となる。

ただ、登山といっても初心者でも問題なく登れる程度のもので、すっかり山に慣れている芽衣にとっては、さして困難な道のりではなかった。

それに加え、久しぶりに嗅《か》ぐ森の香りは癒しに溢れていて、先に進むにつれ、逆に体が軽くなっていくような感覚すら覚えた。

平日の早朝とあって登山者はほとんどおらず、芽衣は空や植物や鳥たちを眺めながらゆっくりと山道を進む。

そして、目の前に大浪池が広がった瞬間、心がぎゅっと震えた。

お浪にもう会えないことは承知の上でここまできたけれど、キラキラと輝くその光景を見ただけで、まるで再会を果たしたかのような感動に満たされる。

芽衣は懐かしさに誘われるように岸まで歩き、地面に腰を下ろした。

「お浪さん……、お久しぶりです」

ぽつりと呟くと、柔らかい風が芽衣を包む。

篠島で竜神に話しかけたときとよく似た反応に、胸が締め付けられた。

「お会いできないことをずっと寂しく思っていましたけど……、ここまで来ると、意外と身近に感じられるものなんですね」

そう言いながら、お浪は大浪池そのものなのだから当然かもしれないと、芽衣は密《ひそ》かに納得していた。

周囲に目を向けると、大浪池を囲う森が、途端に大きく枝を揺らす。

芽衣は、辺り一帯に漂う優しい空気を体の隅々まで行き渡らせるかのように、大きく深呼吸をした。

ただ、大浪池を眺めているうちに、どうしても込み上げてくるのは、お浪の声を聞きたいという思い。

さすがに無理だと、むしろこれ以上望むなんて贅沢だとわかっていながら、自分の本当の気持ちに嘘をつくことはできなかった。

目を閉じれば、記憶の中にあるお浪の声が蘇ってくる。

大浪池の傍にいるせいか、声だけでなく、笑顔や香りすらも鮮明に思い出すことができるけれど、ただ、今はそれだけではどこか物足りない。

「お浪さん……」

幻聴でもいいから声を聞かせてほしいと、芽衣は衝動的にそう言いかけ、慌てて口を噤む。

もしお浪が傍で聞いていたなら、きっと困らせてしまうと思ったからだ。

お浪は心優しく、ヒトに深く寄り添う神様であり、かつては子供ができない夫婦のため、自分自身が子になることを決め、ヒトのお腹に宿ったことすらある。

そんなお浪だからこそ、願ってしまえば無理をしてでも叶えようとしてくれる気がして、逆に言えなかった。

芽衣は嬉しさと懐かしさと小さな痛みを抱え、静かな池をぼんやりと見つめた。

すると、そのとき。

視界の端に、ほんの一瞬、ひらひらと動くなにかが映った。

反射的に視線を向けると、視線のずっと先の方で、小さな蝶々《ちょうちょう》が舞う様子が見える。

ただ、その羽は鮮やかな桃色をしていて、見たことのない種類だった。

「桃色の、蝶々……？」

呟きながら、少しずつ鼓動が速くなっていく感覚を覚える。

そもそも芽衣には、蝶々に対して深い思い入れがあった。

発端は、燦に教えてもらいながら、和紙で蝶々の箸《はし》置きを折ったこと。それ以降、和紙の蝶々は何度も神様たちの術の受け皿となり、芽衣を救ってくれた。

そして、芽衣の心の中には、蝶々と切り離すことのできない、もっとも大切な存在がある。

「石長姫《いわながひめ》様……」

ありえないと思いながらも、芽衣には、みるみる飛躍していく妄想を止めることができなかった。

思えば、蝶々の羽を彩る桃色もまた、石長姫が気に入っていた着物の色とよく似ている。

それは、自分を醜いと嘆き、ずっと灰色のものしか身に付けようとしなかった石長姫が、前向きになって初めて袖を通した特別な色だ。

さらに、石長姫が祭られる霧島《きりしま》神社はここからかなり近い。

芽衣は衝動に駆られて立ち上がり、遠くで舞う蝶々をじっと見つめる。

すると、蝶々はまるで芽衣を誘っているかのように、森の中へするりと姿を消してしまった。

「待っ……」

思わず足を踏み出したものの、すぐに冷静になりその場に立ち止まる。

「いや……、ここはヒトの世だし……」

衝動を抑えたのは、後でガッカリするのが怖かったからだ。ヒトの世では、神の世にいた頃のような不思議な出会いなど起こり得ない。

しかし、そんな思いとは裏腹に、胸のざわめきはみるみる膨らんでいく。

結局、どうしても感情を抑えることができず、芽衣は蝶々が消えて行った方へゆっくりと足を進めた。

森に立ち入ると、たちまち土や木々の香りが濃密に漂い、懐かしい日々を思い出させる。

芽衣は戻れなくならないよう来た道を何度も確認しながら、さっきの蝶々を捜して奥へと進んだ。

しかし、残念ながら蝶々はどこにも見当たらず、険しい道を歩いているうちに、芽衣を駆り立てた衝動が少しずつ落ち着きはじめる。

やがて、森に入って十五分程が経った頃には、足が自然に止まっていた。

「……戻ろう」

自分に言い聞かせるかのような呟きが、森の中に寂しげに響く。

やはり期待すべきでなかったと、十分わかっていたはずなのに落胆してしまっている自分が、なんだか情けなかった。

同時に、芽衣は改めて実感していた。

ヒトの世で生きると決めたあの日の覚悟は、こうして一年経ってもまだ、ほんの少し気を抜いた瞬間に未練に塗り替えられてしまうのだと。

もちろん、神の世に残るために父との縁を切る選択をしなかったことは、少しも後悔していない。

ただ、こうして自分の弱さを目の当たりにしてしまうと、思うように前に進めていないことを痛感してしまう。

それは、一年間必死に寂しさに堪え抜いたつもりでいた芽衣にとって、うんざりしてしまうような事実だった。

けれど、今の芽衣にできることは、そんなもどかしさや苦しさを飼い慣らしながら、少しずつ前に進むこと以外にない。

記憶を残したままヒトの世に戻るということはつまりそういうことなのだと、芽衣は今になってその本当の苦しさを理解しはじめていた。

「無理やり記憶を消そうとしたのは、牛頭天王の優しさだったんだな……。あのときは、悪魔なんじゃないかって思ったけど」

大浪池へ戻りながら、ひとり言が零れる。

「それでも、天さんのことを忘れるよりは――」

ずっとマシだ、と。

そう言いかけた瞬間、ふいに背後から視線を感じて芽衣は言葉を止めた。

咄嗟に振り返ると、芽衣を見上げる二人の少女と目が合う。

「え……？」

一瞬、なにが起きたのかよくわからなかった。

人の気配などまったくなかった森の中、いきなり現れた十二、三歳前後と思しき少女たちの存在は、明らかに浮いている。

「もしかして、迷子……？」

それは、芽衣が唯一思い当たった推測だった。

けれど、二人の少女は同時に首を横に振る。――そして。

「ここは、私たちの遊び場だよ」

「遊び場……？」

「うん。毎日このへんで遊んでる」

いたって平然とした様子で、交互にそう答えた。

「こんな暗いところで……？　危ないよ……？」

「大丈夫。お家、すぐ近くなの」

「で、でも……」

「それより、お姉さんはなにしに来たの？」

「あ……、えっと」

「一人で来たの？　もしかして、迷った？」

あっさりと立場が逆転し、芽衣は動揺した。

二人は、わかりやすく芽衣を訝《いぶか》しんでいた。

それは無理もなく、毎日ここで遊んでいる二人にとっては、芽衣の方がよほど珍しいのだろう。

確かに、ひとたび冷静になれば、道すらない森の中に一人で足を踏み入れるなんて、自殺を疑われても不思議ではない。

「ち、違うの……、えっと、すごく珍しい蝶々を見かけて……！　追ってきたら、つい……」

言いながら、こんなに嘘くさい言い訳が他にあるだろうかと、妙に冷静に考えている自分がいた。

二人は一度顔を見合わせた後、ふたたび芽衣に視線を向ける。

「蝶々は、見なかったよ」

「そ、そっか……、じゃあ、戻ろうかな……」

「大浪池まで送ってあげる」

「……」

どうやら、疑いはまだ晴れていないようだと芽衣は察した。

しかし、弁解する間は与えられず、二人は芽衣を挟むように立って手を握り、大浪池の方向へ足を踏み出す。

「こっち」

「う、うん、ありがとう。手、繋がなくても平気だよ……？」

「嫌？」

「ううん、そうじゃないけど……」

これではどっちが大人だかわからないと、芽衣はおかしな展開に思わず苦笑いを浮かべた。

ただ、意外だったのは、二人の誘導が驚く程スムーズだったこと。

森の中を少女たちに挟まれて歩くなんていかにも窮屈そうだと思っていたのに、実際は、その逆だった。

森を遊び場だと言うだけあって、二人ともかなり山道に慣れているらしい。

それだけでなく、時々どちらかが芽衣の手を引いて足元に散乱する枝や小石を避けさせ、さりげなく平坦な足場へと促してくれているようだった。

よほど二人の息が合っていなければこうはいかないだろうと、芽衣は感心する。とはいえ、とくに声を掛け合っているわけでもなく、それがなお不思議だった。

「二人は、姉妹なの……？」

気になって尋ねると、二人は同時に首を横に振った。

「ううん。友達」

「友達なんだ……。幼馴染とか？」

「ううん。仲良くなったばっかり。元は、友達の友達だったの」

「共通の友達を通じて知り合ったってこと？　その子は、一緒じゃないの……？」

続けて疑問を口にした途端、突如、二人は立ち止まって芽衣を見上げる。そして。

「今は、少し遠くにいる」

きれいに重なって響いた二人の声に、ふと、小さな胸騒ぎを覚えた。

その理由に、思い当たるものはない。ただ、頭のずっと奥の方で、小さな違和感がじりじりと燻っている。

「あの……、私たちってもしかして、前にどこかで会ったこと、ある……？」

なぜそんなわかりきった質問をしてしまったのか、芽衣自身にもよくわからなかった。

すぐに後悔が込み上げたけれど、二人に訝しむ様子はない。

ただ、質問の答えはどちらからも返ってこず、二人はなにごともなかったかのように、ふたたび足を進めた。

なんだか二人の雰囲気が変わった気がして、芽衣はわずかに緊張を覚える。

しかし、そのとき。

突如、右側を歩く少女が口を開いた。

「ねえ、大浪池の伝説、知ってる？」

あまりに脈絡のない質問に戸惑いを覚えながらも、大浪池の伝説と聞けば条件反射のように浮かんでくるのは、お浪のこと。

伝説とは、子供を授けてほしいと大浪池に毎日祈りを捧げる夫婦に同情した竜神、――お浪が、夫婦の子として生まれたという、大浪池で長く言い伝えられているものだ。

しかし、竜がヒトとして生きることは叶わず、結局お浪は夫婦から逃げるような形で大浪池に戻るという、悲しい結末を迎える。

水の中で泣いていたお浪のことを思い出すと、なんだか胸が疼《うず》いた。

「知ってるよ。……悲しいお話だよね」

しかし、少女は首を横に振る。

「ううん。大浪池の伝説は悲しい話じゃないよ」

「え……？　お浪さんが大浪池に戻ったことで、両親と離れ離れになったっていう結末でしょ……？」

「それは、まだ途中だよ。その続きは知らない？　大浪池に来る人たちはみんな知っているのに」

「途中って、そんなはず……」

ポカンとする芽衣を見て、二人は顔を見合わせ小さく笑う。――そして。

「狐に乗った姫神様が現れて、お浪さんと両親を再会させたの」

少女が口にしたのは、まさかの言葉だった。

「お浪さんは池に戻ってからずっと自分のしたことを後悔していて、全部なかったことにしたいと、両親にも自分のことを忘れてほしいと願っていたんだけど、それを姫神様が説得したんだよ。本当に、忘れてしまってもいいのかって。束の間かもしれないけど、二人の子供として育てられた幸せだった日々も、全部否定してしまうことになるのに、って」

「……待って、それ」

「それで、お浪さんは竜神の姿で両親に会うことを決めたの。……ね、幸せな伝説でしょう？」

両側で微笑む二人を見つめながら、芽衣はだんだん鼓動が速くなっていくのを感じていた。

ここでも、篠島と同じ現象が起きていると。

少女が口にした「狐に乗った姫神」とは、明らかに芽衣のことを指している。お浪を説得したときに姫神が言ったという言葉も、はっきりと覚えていた。

「また、伝説が変わってる……」

思わず呟くと、少女たちは同時に首をかしげる。

芽衣は慌てて首を横に振り、無理やり動揺を隠した。

やがて森が開け、目の前に大浪池の風景が広がると、少女たちは芽衣の手をそっと離す。

「着いたよ」

「もう迷わないでね」

交互に言われて頷くと、二人は芽衣にくるりと背を向け、ふたたび森の奥へと消えていった。

「ありがとう……！」

二人の後ろ姿に向かって叫ぶと、かすかに笑い声が響く。

芽衣はどこか不思議な気持ちを抱えたまま、大浪池へ向かって足を踏み出し、――

ふと、立ち止まった。

森を歩いているときはあまり余裕がなかったけれど、冷静になると、少女たちの存在が妙に心に引っかかってならない。

二人が口にした、〝共通の友人は遠くにいる〟という言葉や、そのときに見せた意味深な笑みが、次々と頭の中を巡る。そして。

あの少女たちは、――お浪と石長姫の化身だったのではないかと。

そんな考えが頭を過った瞬間、心臓がドクンと大きく鼓動を鳴らした。

「いや……、そんなこと、さすがに……」

芽衣は慌てて首を横に振る。

ただ、まさに昨日経験した篠島での不思議な出会いを思い返すと、完全には否定しきれない自分がいた。

芽衣は改めて少女たちのことを思い返す。

すると、仲良さそうに微笑み合う光景が、お浪と石長姫の記憶と重なるように蘇ってきた。

「本当に……、お浪さんと石長姫様だったり……」

もちろん都合のいい妄想に過ぎないことはわかっているけれど、声に出した瞬間、心がふわっと温かくなった。

今となってみれば、二人が和紙の蝶々を操り、芽衣を人目につかない森へ誘い込んだのではないかとすら思える。

そして、二人は神の世で芽衣がしてきたことがこうしてヒトの世に影響を与えているのだと、知らせてくれたのかもしれない。

「わざわざ、顔を出してくれたの、かな……」

ぽつりと呟いたひとり言が、胸を大きく震わせた。

ただ、あまり都合よく考えすぎるとまた後から寂しくなってしまう気がして、芽衣は一旦冷静になろうと深呼吸をする。しかし。

ふと顔を上げた瞬間に目に飛び込んできたのは、――大浪池の中央で、ひらひらと舞う蝶々の姿。

ほんの一瞬で消えてしまったけれど、それは脳裏にはっきりと残る程の鮮やかな水色をしていた。

「そういうこと、するから……」

まるで、なにも怖れる必要はないと言われたような気がして、嬉しさで胸が詰まる。

たちまち込み上げた涙が、勢いよく頬《ほお》を流れた。

「ちゃんと、見てくれてるんですね。……遠くにいても」

なんて過保護な神様たちだろうと芽衣は思う。

そして、そんな神様たちにあまり心配をかけてはいけないと、慌てて涙を拭った。

やがて登山者がちらほらと増え始め、芽衣は名残惜しくも大浪池を後にする。

下山しながら頭を過るのは、次の行き先となる、田沢湖。

田沢湖の当初の目的は、八郎太郎と辰子《たつこ》という二柱の竜神のお参りをすること。

ただ、篠島に続き大浪池でも不思議な出会いを果たした今、もはや、田沢湖でも八郎太郎たちの気配を纏う誰かと出会えるのではないかと、期待せずにはいられなかった。

八郎太郎には、どれだけ返しても足りないくらいの恩がある。

だから、もし篠島の竜神やお浪や石長姫たちのように化身となって現れてくれたなら、芽衣にはもう一度お礼を伝えたいという思いがあった。

ただし、それを叶えるには、ひとつ気がかりがある。

それは、竜神たちや石長姫が芽衣にその気配を匂わせつつも名乗ることはなく、最後まで確信を持たせなかったこと。

そこから推測できるのは、神々がヒトの世で姿を現したり、正体を明かすことを禁じられている可能性。

というのも、芽衣は神の世で生活する中で、神様たちがヒトの世に大きく干渉することはないという事実を知った。

神様とは、ヒトの願いに耳を傾け共に祈り、ときには穢《けが》れを引き受けてくれるけれど、それは誰しもに平等に行われ、誰かを特別扱いしたりはしない。

そう考えると、この旅で三柱の神様たちが芽衣にしてくれたことは、かなり際どいのではないかと思えた。

「だとしたら、もし気付いていても、気付かないフリをした方がいいのかな……」

たとえ面と向かってお礼が言えなくとも、神様たちの立場を思えばそうすべきだろうと芽衣は思う。

もちろんすべてはただの予想だけれど、万が一にも迷惑をかけてしまってはならないと。

そもそも、気配だけでも感じられるならば、芽衣にとっては十分だった。

「八郎太郎さんたち、元気かな……」

その名を口にすると気持ちが昂《たかぶ》り、あっという間に下山した芽衣は、そのまま空港へ向かう。

すでにかなりの距離を移動しているが、体は疲れるどころか、みるみる軽くなっていく一方だった。

鹿児島空港から秋田空港までは、羽田《はねだ》空港での乗り継ぎも含め、所要時間は約三時間半。

秋田空港に降り立った芽衣は、すでに日が傾きはじめている空を見上げながら、天に乗せてもらっての移動がいかに速かったかを改めて実感していた。

もっとも顕著なのは、天と過ごした最後の一日。あの日、天は芽衣を乗せて日本中を駆け回ってくれた。

「天さんがどれだけ凄《すご》いか十分わかってたつもりだったけど、まだまだ感謝が全然足りてなかったな……」

芽衣はしみじみと呟きながら、今度は電車に乗り、ホテルを予約している田沢湖駅へ向かった。

ようやくホテルへチェックインしたのは、十九時過ぎ。

事前に調べたところ、そこから田沢湖畔まではバスで十五分程とかなり近い。

今からでも十分に行けるその距離感に思わず気持ちがはやるけれど、芽衣はそれを無理やり抑え込んだ。

暗くなってしまえば、万が一の不思議な出会いに気付けないかもしれないと考えたからだ。

もちろん、八郎太郎たちとの再会に期待を膨らませすぎている自覚はあったけれど、すでに二度も経験した以上、止められなかった。

芽衣は落ち着かない気持ちを持て余しながら、翌日の準備を済ませ、ベッドに潜り込む。

今日もとても寝つけそうにないと思っていたけれど、かなりハードだった二日間の疲れは知らず知らずのうちに蓄積していたらしく、意識を手放すまではあっという間だった。

翌朝、芽衣は六時台に出る始発のバスに乗り、田沢湖へ向かった。

田沢湖は周囲約二十キロとかなり大きく、深さに関しては約四百二十メートルと日本でもっとも深い湖とのこと。

バスから降りて田沢湖の前に立った芽衣は、その壮大な風景に思わず息を呑んだ。早朝の少し霞《かす》んだ空気も相まってか、辺りには、竜が現れてもおかしくないくらい幻想的な雰囲気が漂っている。

訪れるのは三度目だが、何度見てもその感動が薄れることはなかった。

「こんなに大きな湖の水を全部飲み干そうとしてたなんて、改めて考えてもすごいな……」

芽衣は酷い喉の渇きを訴えていた八郎太郎のことを思い出しながら、湖畔をゆっくりと歩く。

田沢湖は山の上にある大浪池と違って比較的訪れやすく、周囲にはキャンプ場をはじめレジャー施設が多くあるが、周囲にはありのままの自然も十分に残っていた。

現に、田沢湖沿いの県道をしばらく歩けば、すぐに手付かずの森の風景が広がる。

芽衣はふと立ち止まり、静かな森を背に田沢湖の湖面を見つめた。

「八郎太郎さん、辰子さん、お久しぶりです」

こっそり口にした呼びかけには、篠島や大浪池のときにはなかった期待がわかりやすく滲んでいる。

しかし、しばらく待ってみても周囲にはなんの反応もなく、芽衣は小さく溜め息をついた。

会えなければさぞかし気落ちするだろうと十分覚悟していたつもりだったけれど、それでもやはり寂しい。

芽衣は、篠島と大浪池が奇跡だったのだと、ここに来られただけで十分なはずだと自分に言い聞かせながら、ふたたび足を進めた。

ただ、諦めきれていない気持ちの表れか、自然と足が向かうのは、よりひと気のない方向。

頭の片隅では、そろそろどこかで引き返さなければと考えているのに、その意志はどうしても足に伝わってくれない。

むしろ、歩調はみるみる速くなっていく。

やがて、もうすべて体に任せて気が済むまで進んでしまおうかと考えはじめた、そのとき。

ふと、森の方から小さな声が聞こえた気がした。

芽衣は立ち止まり、声が聞こえた方へ視線を向ける。

しかし、その辺りの森はひときわ鬱蒼《うっそう》としていて、人が気楽に立ち入れるような雰囲気ではなかった。

きっと気のせいだろうと思いながらも、芽衣の心に広がりはじめていたのは、今もまだ拭えていない期待感。

もはや、込み上げる衝動を抑えることはできなかった。

芽衣は躊躇いもなく森に足を踏み入れ、鬱蒼とした草をかき分けて進む。

そして、本当に誰かが道に迷っている可能性もあると自分に言い訳しながら、奥へ奥へと向かった。

しかし、しばらく歩いてみたものの、獣が通った形跡はあれど、ヒトの気配は一向になく、足場はみるみる悪化していく。

ただ、良くも悪くも山に慣れすぎている芽衣にとって、その程度は躊躇う理由にならなかった。

ようやく足を止めたのは、ぬかるんだ地面に足を取られて倒れ込んだ瞬間のこと。

芽衣は途端に我に返り、さすがに一度冷静になろうと、木の根元に座って幹に背中を預けた。

幸い怪我《けが》はなかったけれど、気持ちが落ち着くにつれて込み上げてくるのは、自分はいったいなにをしているのだろうという虚《むな》しさ。

芽衣は抱え込んだ膝に顔を埋め、――八郎太郎との再会はもう諦めようと、ようやくそう思いはじめていた。

しかし、そのとき。

突如ガサッと草が踏みしめられる音が響き、芽衣は咄嗟に顔を上げる。

真っ先に頭を過ったのは、熊だったら終わりだという恐怖心。

芽衣は息を潜め、ゆっくりと周囲を警戒する。――しかし。

「あの……」

間もなく姿を現したのは、熊ではなく、一人の男だった。

男は芽衣の前に膝をつくと、心配そうに顔を覗き込む。

「大丈夫、ですか……？」

尋ねられたものの、芽衣はすっかり放心してしまい、返事を返すことができなかった。

それは無理もなく、現れた男の姿が、どこからどう見ても不自然だったからだ。

こんな険しい森に現れるにしてはやたらと軽装であり、荷物すら持っていない。

「あ、あの……」

　ようやく声を出すと、男はほっと息をついた。

「怪我は？」

「いえ、大丈夫です、けど……、あの、あなたは……」

「僕は、ついさっき妻とはぐれてしまって。捜しているうちに道に迷ってしまったんです」

　男は、その深刻な内容にそぐわない、いたって軽い口調でそう説明する。

　芽衣は思わず眉を顰めた。

「奥様と……？　こんなところで、なにを……」

「え？　……ああ、散策……、と、いうか」

「この深い森の中を、ですか……？」

「いや、ここはそんなに深くないですよ。そもそも僕は山育ちなので、これくらい慣れているし」

「で、でも、さっきは迷ったって……」

「え？　……あ、……ええと、何年かに一度くらいは、こういうことが」

「……」

　会話すればする程に不自然さが増し、芽衣は戸惑う。

ついさっき諦めると決めたばかりだったけれど、この出会いを怪しむなというのはさすがに無理があった。

いっそ「あなたは八郎太郎さんですよね」と聞いてしまいたい衝動に駆られたけれど、芽衣はそれを必死に呑み込む。

すると、男は目を泳がせながら、芽衣の横に腰を下ろした。

「それにしても、心細くて話し相手がほしかったので、出会えて嬉しいです」

「は、はあ……。でも、奥様を捜さなくて大丈夫ですか……？」

「彼女の方がずっと山に詳しいので、きっと見つけてくれると思います。……あ、でも、あなたがすぐに森を出たいということなら、僕が通りまで案内しますが……」

「え？　でも、あなたも迷ってるんですよね……？」

「ああ！　その……、適当に歩いていれば、すぐに戻り方を思い出すと思うので」

「……ふふっ」

この男は間違いなく八郎太郎の化身だと確信すると同時に、思わず込み上げた笑いを、もはや止めることはできなかった。

昨日は、もしここで八郎太郎の気配を持つ誰かと出会っても気付かないフリをしようと思っていたけれど、これではあまりにも下手すぎると。

「ど、どうしました……？」

「いえ……、ただ、もう少し隠す努力をしてくれた方が、と……」

「か、隠す？　ななないを……」

「すみません、こっちの話で……」

ふたたび込み上げた笑いで、語尾が途切れた。

芽衣は明らかに戸惑っている男に、慌てて表情を繕《つくろ》う。

「あの……、よければ、ここで一緒に奥様を待ってもいいですか？　ちょうど、休憩していたところなので」

「え、……いいんですか？」

「はい、是非」

頷くと、男は少し緊張が解けたのか、人懐っこい笑みを浮かべた。そして。

「あの、田沢湖のことはお好きですか？」

唐突に投げかけられた少しおかしな質問に、芽衣の頬が緩む。

「好きですよ、とっても。ここには大切な人もいますし」

「大切な人、ですか」

「はい。命の恩人でもありますし、かけがえのない友人です」

そう言って微笑むと、男は少し照れくさそうに瞳を伏せた。

そのわかりやすい反応には、逆に可愛らしさすら覚える。

思えば、竜の姿の八郎太郎はとても凛々《りり》しく、一見すれば恐ろしい見た目だったけれど、内面はとても穏やかで優しかった。

時折気弱な面も見せたけれど、見栄を張らずどこまでも正直で、とにかくまっすぐだった。

男と話していると、当時のことが鮮明に蘇ってくる。

なんだか目頭が熱くなって、芽衣はそれを誤魔化すために慌てて別の話題を探した。

「そういえば、あなたはどうして奥様とはぐれちゃったんですか？」

それは咄嗟に思いついた問いだったけれど、男は意味深な間を置いた後、様子を窺うように芽衣を見つめる。

「そ、それが……、実は、食べ物のことで揉《も》めまして。……僕が勝手に妻のぶんまで食べてしまったせいなんですけど……」

「食べ物……？」

その説明を聞いた瞬間、たちまち芽衣の頭を過ったのは、八郎太郎がヒトから竜になった所以《ゆえん》となる、有名な三湖《さんこ》伝説の冒頭だった。

それは、八郎太郎がまだヒトとして生きていた大昔のこと。

熊狩りの途中、何日も収穫が得られず空腹に耐えかねた八郎太郎は、仲間の糧食《りょうしょく》に手を出してしまう。

しかし、それを機に異常な喉の渇きを覚え、耐えきれずに十和田湖《とわだ》に飛び込むが、どれだけ飲んでも渇きが満たされることはなく、気付けば姿が竜に変わってしまったのだという。

「そんなことしたら、竜になっちゃいますよ……？」

思わずそう呟くと、男は途端に目を輝かせた。

「三湖伝説のこと、ご存知でしたか」

「もちろんです。……ちなみに、伝説に登場する八郎太郎さんはバチが当たって竜になったんじゃなくて、酷い罪悪感で自分自身を追い詰めたせいだったってことは、知ってましたか……？」

自らその話題を出した理由は、三湖伝説もまた、篠島や大浪池の伝説と同じように、変化しているだろうという確信があったからだ。

芽衣は大浪池を後にしてから、もし三湖伝説にも変化があるとすれば、八郎太郎の優しさが伝わるような結末が補足されていればいいのにと、密かに願っていた。

これまでより少し温かい伝説として、皆に知れ渡っていてほしいと。

すると、男は嬉しそうに笑みを浮かべ、こくりと頷く。

その様子を見て、やはり思った通りだと、芽衣も笑みを返した。しかし。

「よくご存知ですね。……でも、その伝説の余談はご存知ですか？」

ふいに男が口にしたのは、予想もしなかった言葉。

首をかしげる芽衣に、男はさらに言葉を続ける。

「まずは前提ですが、渇きの原因が判明したのも、そしてそれが癒えたのもすべて、八郎太郎が道に迷った先で出会った、姫神のお陰なんです」

「姫神……」

またた、と。心臓がドクンと揺れた。

男は動揺する芽衣に、穏やかに微笑んでみせる。

「そして余談とは、竜が姫神に恩返しをしたという話です。八郎太郎は、病に冒された姫神の力になるため、薩摩《さつま》から備後《びんご》まで姫神を運びました」

「薩摩から、備後……？」

「ええ。正確には、大浪池から、素盞鳴《すさのお》神社まで」

「……」

それは、まさに芽衣がヒトの世へ戻る直前の出来事。

八郎太郎は、疫病に冒され途方に暮れていた芽衣を、自分の身の危険を顧みずに蘇民将来のところまで送り届けてくれた。

八郎太郎が芽衣にくれた覚悟と優しさを思い返すと、胸が苦しくなる。

「それも、語り継がれているんですか……？」

「ええ。もちろん」

「……八郎太郎さんは、きっと苦しかったでしょうね」

「まさか。恩を返すことができて嬉しかったで……いえ、きっと、嬉しかったと思います」

「ふふっ……」

笑い声と同時に、涙が溢れた。

やはり全然上手く隠せていないと思いながらも、そこがなんだか愛しく、そして嬉しい。

男はそんな芽衣に、さも不器用な仕草でハンカチを差し出した。

「大丈夫ですか？　どこか痛いですか……？」

「いえ、……素敵な伝説に、感動しちゃって」

「ありがとうございま……いえ、す、素敵ですよね、本当に」

芽衣はふたたび笑いながら、元々ヒトである八郎太郎は、きっと他の神様たちのように上手く振る舞えないのだろうと密かに納得する。——そのとき。

突如、すぐ近くから、小さな物音が響いた。

咄嗟に立ち上がると、目線のすぐ先に、キョロキョロと辺りを見回す女の姿が見える。

女の格好もまた、男と同様にずいぶん軽装で、芽衣はすぐに辰子の化身だろうと察した。

「あの、あちらにいらっしゃるのって、奥様では……」

そう言うと、男も立ち上がって女に大きく手を振る。

「おーい！　こっちだ……！」

すると、呼びかけに反応した女は芽衣たちに顔を向け、花が開くかのような鮮やかな笑みを浮かべた。

ただ、その目は明らかに男ではなく芽衣たちに向けられていて、芽衣はわずかに違和感を覚える。

そして、ある意味予想通りというべきか、女は跳ねるように駆け寄ってきたかと思うと、芽衣に思い切り抱きついた。

「ああ……、ようやく会えました……！」

「あ、え、あの……」

どうやら、辰子の化身らしき女は八郎太郎以上に隠すのが下手らしい。

芽衣の背後から、慌てふためく男の気配が伝わってきた。

「こ、こら……、初対面の人になんてことを……」

「初対面……？　あなたはいったいなんのお話を……」

「辰子……！」

「え？　……ああ！　し、失礼いたしました！　ひ、人違いを……」

女は突如我に返ったかのようにガバッと芽衣から離れ、真っ青な顔で深々と頭を下げる。

ただ、そんなことよりも芽衣が引っかかっていたのは、男がおそらく無意識に、女を「辰子」と呼んだこと。

早い段階からすでに疑う余地はなかったけれど、完全に確定してしまったと、芽衣は苦笑いを浮かべる。

「全然大丈夫です……。人違いは、よくあることですし……」

かなり無理があるが、それでもまだ隠す気ならば付き合うべきだろうと、芽衣は引き攣《つ》りながらも二人に合わせた。

一方、女はあくまで嬉しそうな表情を崩さないまま、芽衣の手を取りぎゅっと握りしめる。

そして。

「これもなにかのご縁ですから、わたくしと夫のことを、これからどうぞお見知り置きくださいい」

子供のようにキラキラと輝く目をまっすぐ芽衣に向け、そう口にした。

異常に丁寧《ていねい》な口調が不自然だけれど、もはや突っ込むのは野暮な気がして、芽衣は頷く。

「はい。私も、お二人には初めて会った気がしません。……確かに、縁のようなものを感じます」

そう言うと、二人は顔を見合わせて笑い、芽衣を挟むようにして両側に立った。

「では、森の出口までお送りしますね」

芽衣が頷くと、二人はそれぞれ芽衣の腕を引き、獣道を進む。

険しいはずの山道を驚く程スムーズに進んでいく不思議な感覚は、大浪池で少女たちに案内してもらったときとよく似ていた。

やがて、あっという間に通りに出ると、二人はふいに立ち止まり、芽衣の背中をそっと押す。

振り返ると、二人は寂しげな笑みを浮かべた。

「……私たちは、ここまでです」

そう長く一緒にいられないと十分わかっていたつもりだったけれど、いざ別れを目前にすると、胸に痛みが走る。

「ありがとうございます。また、会えますよね……？」

明るく言ったつもりが、語尾は弱々しく萎《しぼ》んだ。

そんな芽衣に、男ははっきりと頷き返す。――そして。

「次は、て……いえ、大切な人と一緒に是非」

ふいに呟いたそのひと言に、心臓がドクンと大きく鼓動した。

男の言う「大切な人」が誰を指すかなんて、聞くまでもない。たちまち脳裏に浮かぶのは、会いたくてたまらない存在。

「……そんなことが叶うなら、嬉しいです、けど」

そう答えながらも、――無理だと、天は神様たちとは違うのだと、心がはっきりと否定している。しかし。

「大丈夫。……君の願いは、我々の願いでもある」

男が口にしたのは、力強いひと言。しかし、それはもはやヒトに扮《ふん》しているという設定などどうでもいいと言わんばかりの、八郎太郎そのものの口調だった。

すっかり居直った態度に、芽衣は堪えられずに笑う。

「……怒られますよ、上手くやらないと」

呆れ半分にそう言うと、男は小さく肩をすくめた。

「なんのことかな。迷子のお嬢さん」

「ふふっ……」

「……安心しなさい。君は、幸せになる。多くの者に手を差し伸べてきた君が幸せにならない世など、どう考えてもおかしい」

不意打ちの温かい言葉に、涙が勢いよく零れ落ちる。

芽衣は両手で頬を拭い、二人にぺこりと頭を下げた。

「ありがとうございます。……なんだか元気になりました」

「君は、笑っている方がいいよ」

「はい。……では、また！」

背を向けた途端、一気に込み上げた寂しさで胸が詰まる。

けれど、芽衣は振り返ることなく、来た道をまっすぐに歩いた。

辛い顔を見せてしまえば、優しい八郎太郎のことだから、無理して追いかけてきてくれるような気がしたからだ。

「これ以上あんなバレバレなことさせちゃったら、他の神様たちに怒られちゃうよ……」

口では心配しながらも、最後は完全に素を出してしまっていた二人とのやり取りを思い返すと、なんだか幸せな気持ちになった。

「それにしても、二人の演技、0点だったな……」

思わず吹き出してしまった瞬間、ふいにジョギング中の二人組に追い抜かれ、芽衣は慌てて口を覆《おお》う。

人がいたことに動揺して周囲を見回すと、目線の先に、今朝通りかかったキャンプ場が見えた。

もうこんなところまで戻ってきたのかと驚きながら、芽衣はなんとなく足を止め、木々の隙間から田沢湖を眺める。

平日だというのに、早朝と比べれば人の気配が多く、時折、どこからともなく笑い声が聞こえてきた。

田沢湖は主である竜神たちと不即不離であり、田沢湖が賑わい続ければ、竜神たちもまた長く存在し続ける。

八郎太郎たちが渇きで苦しんでいた姿を知っている芽衣は、これなら安泰だと、これからもずっと仲良く暮らしていけるだろうと、先のことを想像してほっと息をついた。

ただ、同時に羨ましい気持ちが込み上げてきて、芽衣は小さく溜め息をつく。

おそらく、八郎太郎が別れ際にくれた「次は、大切な人と一緒に是非」という言葉が影響しているのだろう。

「大丈夫だなんて、簡単に言うけど……」

気遣いも慰めも嬉しいけれど、叶わないことを知っているだけに胸が疼いて仕方がなかった。

芽衣は心細さを埋めようと、過去にそっと思いを馳せる。――その途端、頭の中に、やおよろずのカウンターに立つ天の表情が驚く程鮮明に蘇ってきた。

数日前まで、記憶が薄れていくことに恐怖を覚えていたはずなのにと、芽衣は思わず動揺する。

それくらい、脳裏に浮かんだ天の姿は、風に揺れる髪の毛の一本にいたるまであまりに鮮やかだった。

「もしかして……、これが、占い師が言ってた竜神様のご加護……？」

不思議だけれど、そうと以外に考えられなかった。

八坂神社で占い師と話したときは、まさかこうも明確な変化があるなんて夢にも思わず、この旅の決行を決めたのも半分は気休めのつもりだった。

しかし、改めて思い返せば、芽衣はすべての行き先で不思議な再会を果たしているし、お参りをすべて終えた今、失いかけていた記憶も前とは比較にならない程にはっきりしている。

そうなると、あのときの占い師の存在が、よりいっそう奇妙に思えた。

あの占い師は、すべて予想していたのだろうか。だとすれば、いったい何者なのだろうと、次々と疑問が浮かんでくる。——そして。

「まさか……、ヒトじゃなかったり……」

ふいにそう思いついた瞬間、占い師が残した甘い香りが強烈に蘇ってきた。

さらに、まるでそれにつられるかのように、派手な着物や、艶《つや》めかしい表情や、芽衣をからかう意地悪な笑い声が次々と頭を巡る。

あれは、——黒塚《くろづか》だったのではないか、と。

そう考えるやいなや、心の中にずっと渦巻いていたモヤモヤが、スッと晴れていくような心地を覚えた。

そもそも、芽衣はあれほど特徴的な気配を他に知らない。

確信に変わると同時に、むしろ、八坂神社で出会ったときにどうして気付かなかったのだろうという疑問すら浮かんでくる。

「助言するために、わざわざ会いに来てくれたのかな……」

思えば、妖である黒塚は神の世とヒトの世をたびたび行き来していたし、かなり回りくどくも、いつだって芽衣を気にかけてくれていた。

だからこそ、今回も芽衣の記憶が消えないようにと、占い師に扮して指南をくれたのかもしれない。──けれど。

そう考えるには、ひとつ違和感があった。

というのも、黒塚はただの気休めにしかならないようなことをするタイプではない。

芽衣が記憶を失うことをどれだけ嘆いていたとしても、黒塚ならおそらく、一生会えないくらいならいっそ記憶を失った方が楽だと考えるだろう。

過去を思い返してみても、黒塚がわざわざ嫌味な言い方を選んでまで芽衣を焚《た》きつけるときは、必ず向かう方向に希望があった。

「だけど、希望って……」

芽衣がもっとも望むことを、黒塚が知らないはずがない。

だとしたら、今回の旅で芽衣に次々と起こった奇跡はまだ終わりではなく、――天に会える可能性もあるのではないか、と。あえて持たないようにしていた希望が、一気に心の中を支配した。

芽衣ははやる気持ちが抑えられなくなり、早速その場を離れて足早にバス停へと向かう。

まだ整理されていない頭の中で、唯一明確に浮かんでいたのは、もし天に会えるとすれば場所は伊勢以外にないという思いだった。

有給は明日で終わりだが、一日あれば十分だと、芽衣は携帯で伊勢市駅付近のホテルを検索し、予約を入れる。

そして、急いで空港へ向かった。

勢いのまま伊勢に到着したのは、十七時半。

芽衣はひとまず、伊勢神宮の外宮《げくう》から徒歩三分のところにあるビジネスホテルにチェックインした。

世話になった華月に泊まることも一度は考えたけれど、客として行くにはあまりに敷居が高い。

それに、どうせ訪ねるならば、もっとゆっくりできるときがいいだろうという思いもあった。

というのも、ただただ天に会えるかもしれないという思いに駆られてやってきた芽衣にとっては、一分一秒すら惜しい。

居場所が明確な竜神たちと違い、天とはどこに行けば会えるのか見当もつかず、思い当たる場所を片っ端から回る必要があった。

もちろん、たとえ山に入ったところで、神の世に繋がる入口がもう存在しないことはわかっていた。

ようやく芽衣がヒトの世に戻った今、ふたたび紛れ込ませるような隙なんてまずないだろうと。

ただ、芽衣は神の世に戻ることを望んでいるわけではない。

ひと目天の姿を見ることさえできれば、それでよかった。

芽衣はチェックインを終えると、なんの計画もないまま伊勢の町に出る。

そして、ひとまず外宮に向かい、正宮《しょうぐう》に奉られている豊受大御神《とようけのおおみかみ》への参拝を終えると、そこから歩いて内宮へ向かった。

ちなみに、内宮《ないくう》の参拝時間は十八時で終了するため、これから急いで向かっても間に合わない。

それでも内宮へ向かった理由は、神の世に迷い込むことになったキッカケの場所ともいえる、内宮に続く通りを久しぶりに歩いてみたいと考えたからだ。

芽衣はまだギリギリ動いている内宮行きのバス停を素通りし、携帯の地図を見ながら足を進める。

歩きながら頭を巡るのは、もしあの日ひったくりに遭わなければ、人生は大きく変わっていただろうという思い。

なけなしのお金を取り返すため、通りから内宮の境内まで犯人を追いかけたときのことは、まだ記憶に新しい。

ふと頭を過るのは、そうやって危険を顧みず勢い任せに突き進む芽衣を、まるで猪《いのしし》のようだと天から何度も揶揄《やゆ》されたこと。

あれは、慣れない場所で生き抜くために自然に身に付いたものだと思い込んでいたけれど、どうやら元々そういう資質があったらしいと、今になって納得している自分がいた。

やがて、一時間弱で内宮に着いた芽衣は、当てもないままおはらい町へ向かう。

店はすでに閉まっているが、神の世にいたときにも何度となく訪れた馴染み深い風景を見ると、懐かしい思い出が次々と浮かんできた。

なにより印象深いのは、部屋に閉じこもっていた石長姫を無理やりここに連れ出した日のこと。

それだけでなく、八十神《やそがみ》から逃げるために因幡を抱えて走り回った日のことも忘れられない。

鎌を構えて追いかけてくる八十神の姿は、しばらく夢に出てくるくらいに怖ろしく、不気味だった。

ただ、その日の芽衣がなにより衝撃を受けたのは、初めて狐姿の天を目にしたこと。

大きくしなやかな体と金色に光る毛並があまりに美しく、あのときの芽衣は、迫る危険すら忘れてすっかり天に見惚れてしまった。

同時に、天と自分とはまったく違う存在なのだと改めて実感し、途端に寂しさが込み上げたことも忘れられない。

「……あのとき、すでに好きになってたのかも」

無意識に零れた呟きが、静かな街並みにぽつりと響いた。

当時の芽衣にはあまり自覚がなかったけれど、今になって改めて考えてみれば、あんなに強くて美しい存在に惹かれないはずがないとすら思える。

会いたい、と。

急に思いが溢れ、胸がじりじりと痛んだ。

芽衣はそれを振り払うように足早に進み、やがて脇道に入ると、正面を流れる五十《い》鈴《ず》川沿いに腰を下ろす。

抱え込んだ膝に顔を埋めて目を閉じると、川の流れる優しい音が、芽衣の心を少し落ち着かせた。

ただ、あまりにも多くの思い出が残るこの場所で、一度生まれた寂しさを完全に拭い去ることはできなかった。

別れの傷はまだまだ深く、ここを懐かしむにはあまりに早すぎたのだろうと芽衣は思う。

天に会えるのではないかと、なんの根拠もない希望に突き動かされるようにここまでやってきたけれど、今のところはなにもかも傷口に染みる一方だった。

それでも、帰ろうという気にはなかなかなれず、芽衣は顔を上げ、ゆっくりと深呼吸をする。

「天さん……」

小さな呼びかけは、川の流れに虚しくかき消された。

溜め息が零れたけれど、芽衣は返事を期待していたわけではない。

本当は、伊勢に降り立った瞬間から薄々気付いていた。

ここでは、竜神たちのもとで覚えたような不思議な気配が、少しも感じられないという事実に。

懐かしい声は聞こえず、奇妙な風も吹かず、ましてや不自然に話しかけてくる者もいない。

その明確な違いが、田沢湖を最後に奇跡はもう終わっているのだという現実を、芽衣に容赦なく突きつけていた。

「本当に、会える気がしたんだけどな……」

寂しさに呑まれないようにとあえて口に出したひとり言が、思いの外大きく響く。

芽衣はゆっくりと立ち上がり、重い足取りで来た道を戻った。

その日の夜は、長い夢を見た。

場所は、ついこの間まで記憶から消えていた、やおよろずの厨房。芽衣は高い視点から見下ろすようにして、天や燦や因幡たちの様子をただ眺めていた。

夕食時なのか、厨房はずいぶん慌ただしい。時折顔を出す黒塚や猩猩《しょうじょう》を、天が面倒臭そうにあしらう様子が見える。

それはなんの変哲もない、何度も繰り返した日常の風景だった。

そこに、芽衣がいないことを除いては。——しかし。

そのとき突如、燦が因幡の盗み食いを叱《しか》りながら、「芽衣を起こしてきて」と口にした。

因幡は口の周りにごはん粒を付けたまま、渋々厨房を後にする。

芽衣はそのやり取りを不思議な気持ちで眺めながら、——なんて幸せな夢だろうと、込み上げる喜びを噛《か》み締めていた。

なにより、夢の中のやおよろずには、まだ芽衣が存在している。

ずいぶん都合のいい内容だが、夢の中ならばなにを想像しても芽衣の自由であり、咎《とが》める者はいない。

芽衣は、たとえ朝起きてガッカリすることになっても構わないから、この夢をもう少しだけ見ていたいと強く願った。

昨晩酷く落ち込んだぶん、このご褒美《ほうび》のような夢に、一分一秒でも長く浸っていたかったからだ。

しかし、その願いが届くことはなく、——間もなく目覚めた芽衣は、涙で濡《ぬ》れていた頬を拭う。

そして。

「……因幡、早く起こしにきて」

カーテンの隙間からうっすら差し込む朝日に目を細めながら、ずいぶん長い間、夢の余韻に浸っていた。

翌日は、朝早くから内宮に赴いて天照大御神《あまてらすおおみかみ》への参拝を終え、昨晩とはうってかわって賑わうおはらい町を巡り、ふたたび五十鈴川沿いを歩いた。

しかし、ある意味予想通りというべきか、天の気配が感じられるような出来事はなにも起こらなかった。

昨日の時点で手応えのなさを感じていたぶん、そもそも大きな期待を持っていたわけではなかったけれど、それでも帰路を辿る足取りは重く、心が擦り減っているような感覚があった。

もちろん、竜神たちと再会を果たせたことだけで十分過ぎる奇跡だとわかっていたし、これ以上望むのは贅沢だという自覚もある。

ただ、頭では納得していても、自分の気持ちに嘘をつくことはできなかった。

伊勢市駅に戻ってきたのは、すっかり日が傾いた頃。

芽衣は名古屋方面に向かう特急電車に揺られながら、ぼんやりと窓の外の風景を眺める。

空がじわじわと暗くなっていく様子が、まるで物語の終わりを表現しているようで、電車が揺れるたびに胸に小さく疼いた。

ようやく家に着いたのは、二十三時過ぎ。

玄関を開けると父が出迎えてくれたものの、父は顔を合わせるやいなや、心配そうな表情を浮かべた。

「芽衣、相当疲れてない……？　そういえば、かなりのハードスケジュールだったんだっけ……？」

父が言うくらいだからよほど暗い表情をしているのだろうと、芽衣は慌てて笑みを繕う。

「大丈夫。無理言って有給もらったのに、疲れたなんて言ってられないよ。……明日から仕事だし、頑張らないと」

精一杯明るい声を出したつもりだったけれど、父はどこか納得いかない様子だった。

あまり喋《しゃべ》るとボロが出そうで、芽衣は咄嗟に目を逸《そ》らす。

「じゃあ、今日はもうお風呂に入って寝るね」

逃げるように部屋に入ると、重い溜め息が零れた。

たちまち心の中で渦巻く様々な感情が溢れ出しそうになり、芽衣はその場にへたり込んで膝を抱える。

いっそすべてを吐き出してしまいたいけれど、芽衣が抱えているものはすべて、誰にも、もちろん父にも、話せるような内容ではなかった。

ただ、これが記憶を残してもらった代償ならば、どんなに苦しくとも自分自身で消化していく以外にないのだと、芽衣は自分を納得させる。——そのとき。

「芽衣」

ドアの外から名を呼ばれ、芽衣はビクッと肩を揺らした。

なにごとかと思いながらも、すっかり気が抜けて憔悴《しょうすい》した顔を父に見せるのは躊躇われ、芽衣は取っ手に手をかけたまま戸惑う。

すると、父は芽衣の返事を待たず、言葉を続けた。

「あ、いいよ開けなくて。……あのさ、ただの想像なんだけどさ、……芽衣、なにか我慢してない……？」

父からの思わぬ問いかけに、ふいに緊張が走る。

というのも、普段の父は、こうしてあからさまに芽衣の様子を窺ってくるようなことはしない。

伊勢から戻ってきた一年前すら、気にかけているような素振りこそあったものの、具体的になにかを聞かれたことは一度もなかった。

けれど、戸惑っていることを隠そうともしないその遠慮がちな口調のせいか、不思議と、無理に誤魔化そうという気持ちは起こらなかった。

「我慢……？」

「う、うん。……聞いていいかわかんないし、別に話す必要もないんだけど……、なんか、ずっと寂しそうじゃん……。もし、どこかに会いたい人がいるとか、戻りたい場所があるとかだったらさ、俺とかお母さんのこととか、全然気にしなくていいし……」

「……」

「……って、思っただけ。ごめん」

父は慣れないことに限界を感じたのか一方的に謝り、やがて遠ざかっていく足音が響く。

なんだかたまらない気持ちになって、芽衣は衝動的に部屋の戸を開けた。

「あの……！」

やはり酷い顔をしていたのだろう、振り返った父は途端に目を丸くし、硬直する。

一方、芽衣の気持ちは意外と落ち着いていた。

「勝手に核心を突いておいて、そんなに引かないでよ……。おまけに言い逃げだし」

「い、言い逃げはほら、芽衣から逃げられ慣れたせいで、逆に先に逃げるっていう戦法じゃん……」

「なに、それ……」

「て、いうか……、俺、核心突いたの？」

こうもおそるおそる尋ねられると、なんだか気持ちが緩む。

気付けば、そのまま流されるように頷いていた。

「……突いた」

「えっ」

「ど真ん中」

「嘘……、ごめん……」

謎《なぞ》に謝られ、芽衣は思わず笑う。

父は少しほっとしたのか、一度不自然な咳払いをした後、少しだけ芽衣との距離を詰めた。

そして。

「……それってつまり、なんか戻れない理由があるってこと？」

思いの外まっすぐ投げかけられた問いに、芽衣はつい動揺する。

けれど、父が軽はずみに深入りすることはないだろうという信頼感からか、考えるより先に頷いていた。

「理由は、……ある」

途端に、気持ちがスッと軽くなっていくような心地を覚える。

ついさっきまで、自分の悩みは人に話せないことばかりだと塞ぎ込んでいたのに、こんな些細《ささい》なことで気持ちが軽くなったことに、芽衣は密かに驚いていた。

するると、父は大きく瞳を揺らす。

「そ、そうなのか……。相手が変な奴なの……？」

「変、っていうか……」

「お母さんに似て、男を見る目なさそうだもんな、芽衣……」

「自分で言っちゃうんだ……」

「でも俺は、……芽衣がいいって思う相手なら、いいと思う。どんな変な奴でも、芽衣が幸せなら」

すでに芽衣の悩みとは少しズレてしまっていたけれど、これまでになくはっきりと言い切る父に、なんだか胸が締め付けられた。

しかし、父はまたすぐにオロオロしはじめ、額に滲んだ汗を拭う。

「いや……、どんな変な奴でもっていうのは言い過ぎだな……。暴力を振るうとか、やばい金額の負債があるとかはさすがに……。でも、お金のことは俺が言える立場じゃないしな……」

「……お父さん」

「と、とにかく……、俺は、自由にしてほしいと思ってるし、俺にできることがあるならなんでもしたいって思ってるし、……だから、無理に大丈夫っぽく装うのはできればやめてほしいかな。つい、君のお母さんがいつも気丈に振る舞ってたことを思い出して、辛くなっちゃうから」

「……私は、お母さんみたいに強くないし」

「いや、よく似てるよ。俺は、ずっと見てたからわかる。……彼女が当時決めたことを否定するつもりはないけど、芽衣は、あまり苦しい道を選ばないで」

「……」

「それだけ。おやすみ」

ぶっきらぼうな去り際にまで、父の不器用さが滲み出ていた。

その後ろ姿を見送りながら、真っ先に心に浮かんだのは、自分が思っていた以上に母は父から愛されていたらしいという思い。

それは、鳩が両親の過去を見せてくれたときにも感じたことだったけれど、実際に父の口から語られると、より強く実感した。

芽衣は戸を閉めて布団に潜り込み、頭の中でさっき父がかけてくれた言葉を思い浮かべる。

もちろん、父がどんなに背中を押してくれたところで、あのかけがえのない場所に戻れるわけではない。

けれど、必死に支えてくれようとする存在が傍にあることを知っただけで、心が救われたような気がした。

そして、事情すら聞こうとしない父の対応からは、芽衣がなにを望んでいようとも、自分は味方であるという揺るぎない意志が伝わってくる。

幼い頃から頼りないと思い込んでいた父の存在が、今になって、とても大きく感じられた。

「ちゃんと父親だったんだな……」

芽衣はそう呟き、ゆっくりと目を閉じる。眠れない夜を覚悟していたのに、不意打ちでもらった安心感からか、意識を手放すのはあっという間だった。


翌日、ふたたび始まる日常に気合いを入れるため、芽衣が仕事前に向かったのは八坂神社。

芽衣は、心の中で第二の父だと思っている蘇民将来に長々と手を合わせ、竜神たちとの再会を報告した。

正直、もう一度占い師――おそらく黒塚と会えることを期待していたけれど、それらしき気配はなく、芽衣は出勤までの空いた時間を持て余し、境内のベンチに腰掛けた。

「……黒塚さん、ありがとうございました」

どこかで見ているはずだと信じて呟いたお礼が、静かな境内にぽつりと響いた。

竜神との再会に導いてくれた黒塚には、感謝しかない。

もちろん天に会えなかったことは残念だったけれど、別に黒塚がそれを匂わせたわけではないし、すべては芽衣の勝手な解釈による自業自得といえる。

それに、そのことに関しては、父と話したお陰ですでに落ち着いていた。

「旅に出て、本当によかったです。……たくさんの優しさに触れて、これからも頑張れそうな気がします」

続けて呟くと、境内を取り囲む木々が、まるで芽衣を労《ねぎら》うかのように優しく枝を揺らす。――そのとき。

木々のざわめきに紛れるようにして、ふいに、小動物が草を咀嚼《そしゃく》するような聞き馴染みのある音が耳に入った。

山の中ならともかく、こんな場所で聞くのはさすがに違和感があり、芽衣は咄嗟に周囲を見回す。

そして、ベンチの後ろ側に目を向けた、そのとき。

「うわっ……」

さっきまではなかったはずの大きな白い塊《かたまり》が目に入り、芽衣は弾かれるようにベンチから立ち上がった。

心臓がバクバクと鼓動を速める一方、その白いものはまったく動じることなく、咀咀音を響かせている。

おそるおそる様子を窺ってみたところ、それはどうやら動物のようで、夢中で草を食べているらしい。

白くてふわふわしていて草を食べる動物と聞いて連想されるものは、そう多くはなかった。

「えっと……、うさぎ……?」

疑問形になった理由は、言うまでもない。

うさぎと決めつけるには、それはあまりにも大きかった。分厚い毛皮に覆われていることを加味しても、ゆうに中型犬くらいはある。

「いや……、うさぎのサイズじゃないか……」

芽衣はブツブツと呟きながら、さらに距離を詰める。

すると、それは突如ぴたりと動きを止め、ひょいと顔を上げた。

同時に、長い耳がぴょこんと立ち上がり、器用に芽衣の方を向く。

「う、嘘でしょ……、うさぎなの……?」

確定してもなお、にわかに信じられない気持ちだった。

すると、うさぎはまるで芽衣の言葉を理解しているかのように、ふてぶてしい表情でフンと鼻を鳴らす。

その仕草から、たちまち懐かしい存在が頭を過った。

「なんだか、……因幡みたい」

その名を口にすると、懐かしさで胸が疼く。

芽衣は引き寄せられるようにうさぎの傍へと近寄り、正面に膝をついた。

うさぎにはまったく警戒する素振りはなく、まん丸の赤い目でまっすぐに芽衣を見つめる。

「君、見れば見る程因幡っぽいね……」

思わず話しかけたものの、もちろん、このうさぎが因幡だなんて本気で考えているわけではなかった。

因幡はヒトの言葉を流暢《りゅうちょう》に話すし、そもそも、食いしん坊の因幡が草で満足するとはとても思えない。

それに、よく見れば、うさぎの首には組紐《くみひも》で作られた首輪が巻かれていた。

おそらく、この辺りの家で飼われているのだろう。

ただ、それがわかっていても、因幡そっくりの大きな体がやけに愛しく、芽衣はなかなかその場を離れる気になれなかった。

やがて、前によくやっていたように、抱きしめてお腹に顔を埋めたい衝動がふつふつと湧き上がってくる。

「ねえ、……触ってもいい？」

遠慮がちに手を伸ばすと、うさぎはピクッと耳を揺らした。

しかし逃げる気配はなく、芽衣はその背中をそっと撫でる。

「柔らかい……」

触れているのかどうかわからないくらいの繊細な触り心地に、気持ちがふわっと緩んだ。

最初こそ動きを止めて様子を窺っていたうさぎも、案外心地がよかったのか、すぐに食事を再開する。

その堂々たる態度が面白く、すっかりうさぎに心を掴まれた芽衣は、夢中になって背中を撫でた。——そして。

「私ね、竜神様たちに会ってきたんだよ」

なかば無意識に、うさぎを相手に昨日までの旅のことを語りはじめていた。

「全部ただの勘違いかもしれないけど。……でも、少なくとも八郎太郎さんたちは本物だった気がするなぁ。二人とも、誤魔化すのが本当に下手で……」

もちろん返事はない。

けれど、因幡によく似た巨大なうさぎは、誰にも信じてもらえない不思議な話を聞いてもらう相手としてもっとも適していた。

うさぎもまた、すっかりリラックスした様子で後ろ足をだらしなく伸ばし、目をとろんとさせている。しかし。

「でね、……その後、伊勢に行ってみたの。たて続けに不思議な出会いがあったから、もしかしたら、……天さんにも会えるんじゃないかと思って」

天の名を口にした瞬間、うさぎがビクッと体を揺らした。

「あ……、もしかして痛かった？　ごめん」

無意識に力が入ってしまっていたのかもしれないと、芽衣は慌てて手を離す。

すると、うさぎはのっそりと体を起こし、芽衣をじっと見つめた。

「な、なに……？」

間近で見るとよりいっそう因幡を彷彿とさせ、今にも憎まれ口を叩《たた》きそうなその雰囲気に、芽衣は思わず息を呑む。

しかし、うさぎはフンと鼻を鳴らして芽衣にくるりと背を向け、本殿へ向けてゆっくりと歩きだした。

「どうしたの……?」

急なことに芽衣は戸惑い、慌てて立ち上がってその後を追う。

しかし、うさぎは一瞬だけ芽衣を振り返ったかと思うと、突如スピードを上げてあっという間に本殿の裏へと走り去ってしまった。

「嘘でしょ……、意外と速い……!」

見た目によらない俊敏さには驚いたものの、太った体を波打たせて走る姿はなんだか面白く、思わず笑いが込み上げてくる。

本音を言えば追いかけたかったけれど、ふと時計を見れば、すでに出勤時間が迫っていた。

芽衣は名残惜しくも八坂神社を後にし、気持ちを切り替えてレイクサイドホテルへ向かう。

ただ、心の中にはいつまでもうさぎの愛らしい姿が余韻を残していた。

その日の仕事は、やや疲れを残している芽衣にとってはありがたいことに、さほど忙しくなかった。

繁忙期には逃してしまいがちな休憩時間も十分に確保でき、芽衣が向かったのは、やはり屋上。

琵琶湖を眺めているうちに、篠島の海や大浪池や田沢湖の風景が次々と脳裏に蘇ってきて、芽衣はぼんやりと旅の思い出に浸った。――そのとき。

ふいに屋上の戸が開いたかと思うと、顔を出したのは廣岡。

その日遅番になっていた廣岡とはまだ顔を合わせていなかったため、芽衣は慌てて立ち上がった。

「廣岡さん、有給ありがとうございました……！」

深々と頭を下げると、廣岡は穏やかに笑う。そして。

「おかえり。四日間、ゆっくりできた？　どこへ行ってきたの？」

さりげなく芽衣の横に座り、そう尋ねた。

それはごく自然な問いかけだったけれど、芽衣は思わず目を泳がせる。

というのも、四日間で四箇所を回ったなんて言えばおそらく目的を聞かれるだろうし、そうなると説明に困ると思ったからだ。

「あ……、えっと、鹿児島……などに」

結局、今朝差し入れたお土産《みやげ》に書かれていた「鹿児島銘菓」という文字を思い浮かべ、咄嗟にそう答えた。

「鹿児島かぁ……、いいところだよね、食べ物もおいしいし」

廣岡は、曖昧に誤魔化した語尾を気に留める様子もなく、さらに言葉を続ける。

──しかし。

「ちなみに……、休み中にちょっとは考えてくれた……？」

急に語調が変わり、芽衣の心臓がドクンと跳ねた。

「え……？」

「前に言った、正社員の件なんだけど」

「あ……！」

途端に思い出したのは、以前に廣岡から打診された、正社員登用のこと。

もちろん適当に聞き流していたわけではないが、正直、心身ともにハードだった今回の旅の間に、そのことが一度も頭を過らなかったのは事実だった。

失礼のない返答をと必死に頭を働かせたものの、おそらくすべて表情に出てしまっていたのだろう、廣岡は残念そうに苦笑いを浮かべる。

「いや、別に急《せ》かすつもりはないんだ。せっかく休みを取ってリフレッシュしたところなのに、こんな話してごめん……」

「いえ……！　ただ、最近は本当に考えることが多くて、まだ……」

もはや、正直に伝える他なかった。

すると、廣岡は心配そうに、けれどどこかもどかしそうに、芽衣を見つめる。

「前からいろいろ悩んでるみたいだったしね。……だけど、このことも本気で考えてほしいんだ。それに、正社員になれば責任も増えるぶんやりがいもあるし、気分も変わるかもしれないよ……？」

「それは、そうかもしれませんが……」

「いや……、ごめん、結局急かしちゃってるな……」

廣岡はそう言うと、余裕なさげに頭を抱え、深い溜め息をついた。

普段の落ち着き払った姿からは想像できないその様子に、芽衣はなんだか胸騒ぎを覚える。

すると、廣岡はゆっくりと顔を上げ、芽衣をまっすぐに見つめた。

視線がなんだか熱っぽく、途端に心臓が鼓動を速める。——そして。

「俺、相手が君だと、上手く話せなくなるんだ」

「はい……？」

「なんていうか、……僕は、君のことが——」

バタンと激しい物音が響き渡ったのは、その瞬間のこと。

慌てて振り返ると、先輩スタッフの浅田《あさだ》がずいぶん焦った様子で廣岡に駆け寄ってきた。

「廣岡さん、内線が繋がらないからずいぶん捜しました……！　フロントでトラブルが起きてるので　対応をお願いします……！」

廣岡はわずかに戸惑いを見せたものの、すぐに冷静さを取り戻し、ベンチから立ち上がる。

そして、少し気まずそうに芽衣を見つめた。

「谷原さんごめん、仕事中にすごいことを口走るところだった……。よかったら、今度ゆっくり聞いて」

「え、あの……」

「じゃあ、戻るね」

返事をする隙も与えられないまま、芽衣は離れていく廣岡の後ろ姿を呆然と見つめる。

すると、浅田がやれやれといった様子で溜め息をついた。

「廣岡さんって、今は谷原さん狙いなんですね」

「ね、狙い……？」

「あの人、本当にわかりやすいからな」

「待っ……」

否定しかけたものの、さっきの廣岡の切羽詰まった様子を思い出すと、言葉に詰まる。

正直、鈍さを自負している芽衣でも、廣岡がなにを言おうとしていたか、まったく見当がつかないわけではなかった。

思えば、廣岡はここ最近ずいぶん芽衣を気遣ってくれていたし、気晴らしにと動物公園に誘ってくれたこともある。

今となれば「部下思いな上司」という言葉で片付けるには、少し無理があるような気がしなくもない。

「そういう……、ことだったんです、かね……」

「今頃気付いたんですか？　ちょっと鈍すぎません……？」

「……」

返す言葉がなく、芽衣は俯く。

事実、自分のことでいっぱいいっぱいだった芽衣には、そんなことを考える余裕などまったくなかった。

しかし、浅田の口調から察するに、おそらくこのことは他のスタッフたちの間でも周知の事実なのだろう。

途端に恥ずかしくなり、芽衣はがっくりと肩を落とす。

しかし、そのときふと、さっき浅田が口にしていた「今は谷原さん狙い」という意味深な言い回しが頭を過った。

「あの……、さっき浅田さん、今は、って言ってましたよね……？　今は、……その、私狙いだって」

尋ねると、浅田はよくぞ気付いたとばかりににやりと笑う。

「言いましたよ。だって有名だもの、あの人の惚れっぽさ」

「惚れっぽさ……？」

「そう。本当にわかりやすいから、彼の恋愛事情はスタッフの間でたびたび話題になってますよ。私はここで働きはじめて結構長いから、廣岡さんのああいう姿、もう何度も見てきましたし」

「な、何度も……？」

「はい。……あ、だけど、別に悪い人じゃないですよ。いつも本気っぽいし、私たちも揶揄してるわけじゃなくて、見守ってるというか。……ただ、付き合っても長続きしないみたいで、そこがちょっとね……。まぁ惚れっぽい人って、そういうところありますよね」

揶揄していないと言うけれど、浅田の口調からは、呆れ半分、面白半分といったニュアンスが伝わってきた。

とはいえ、スタッフ間で噂になる程惚れっぽいのなら、多少は仕方がないという本音もある。

ただ、たとえ一時的な感情だったとしても、好意を持たれていると知ると、なんだか落ち着かなかった。

思わず溜め息を零すと、浅田は興味津々とばかりに目を輝かせる。

「で、……谷原さん的にはどうなんですか？」

「どうっていうのは……」

「そりゃ、廣岡さんのことですよ。告白されたらどうするのかなって」

そう言われた途端、さっきの廣岡の様子と、中途半端に途切れた言葉が頭に蘇ってきた。

あれが本当に告白だったかどうかは、確かめようがない。

けれど、もし告白された場合はどうするのかという質問への答えは、迷う余地はなかった。

「私、……好きな人がいるので」

そう言うと、浅田は一瞬ポカンとした後、気が抜けたように笑う。

「なんだ、そうなんですね。なんとなく、そういう気配は感じてましたけど。……じゃあ、廣岡さんは失恋かぁ」

「……す、すみません」

「いや、私に謝られても！　それに、あの人はすぐ他に好きな人ができるから、全然大丈夫ですよ」

「そ、そんな……」

なかなかの言われ様だが、お陰で気持ちが軽くなったことは否めず、芽衣はほっと息をついた。

一方、浅田は突如我に返ったように時計を確認し、途端に顔色を変える。

「やば……、そろそろ戻らないと。……今度、好きな人のこと聞かせてくださいね！」

「あ、えっと……」

「じゃあ、また！」

浅田が慌てて立ち去り、屋上は一気に静まり返った。

嵐が去ったような心地の中、芽衣は、ついさっき自分が口にした「好きな人がいる」という言葉をそっと思い浮かべる。

あまりにも自然に口から出たことに、正直少し驚いていた。

それは同時に、天とは住む世界が違うと知りながら、想いがまったく揺らいでいないことをはっきりと自覚した瞬間でもあった。

ヒトの世に戻り、この世界で自分なりに前に進もうと努力してきた気持ちに嘘はないけれど、天への想いだけは変わりようがないのだと改めて思う。

そんな中、まるで気持ちをさらに煽るかのように頭に蘇るのは、天と最後に過ごした夜のこと。

またきっと会えると、そう信じたいと訴えた芽衣に対して、普段は保証のないことを口にしない天が「俺も信じる」と言った。

あの言葉を聞いたときの嬉しさは、今も忘れられない。

「天さんは、まだ信じてますか……？」

届かない問いかけが、ぽつりと零れる。芽衣は、自分はまだ信じたいと、心の中で付け加えた。

もちろん、ふらりと伊勢に行ったときのように、都合のいい思いつきに突き動かされるのも、がむしゃらに捜し回って傷付くのもやめようと、反省はしている。

ただ、一度失意の底に落ちてもなお、もう天を想うのは止めようという気持ちにだけはならなかった。

どんなに現実を知ったところで、芽衣には、天以外の誰かと共に生きる未来だけはどうやっても思い描くことができない。

たとえ永遠に会えなかったとしても、天という存在があり続ける限り、それだけは一生変わらないのだろう。

「……よし、仕事しよ」

休憩時間は少し余っていたけれど、天のことを思い前向きになれたタイミングにと、芽衣は屋上を後にする。

大切なことをひとつ再確認したことで、気持ちが少しだけ明るくなったような気がした。


ふと、かすかに覚えのある気配を感じたのは、帰り道のこと。

なんとなく気になって足を止めた場所は、八坂神社のすぐ傍。鳥居を見上げながら、芽衣はふと予感めいたものを覚えた。

気のせいだろうと思いながらも、どうしても足が前に進んでくれない。

というのも、ここは黒塚らしき占い師との不思議な出会いを果たした場所であり、たとえかすかなものであっても、予感を無視することができなかった。

芽衣はまるで吸い込まれるかのように鳥居を潜り、境内を進む。

しかし周囲に気配はまったくなく、芽衣は本殿の前で足を止め、小さく溜め息をついた。

「やっぱ勘違いか……」

やれやれと思いながら、芽衣はせっかく寄ったのだからと、蘇民将来に手を合わせる。

本殿の前に立つとなんだか冷静になり、ここ最近の自分の心の中がいかに混沌《こんとん》としていたかを改めて実感した。

「こうも過去に囚《とら》われてばっかりだと、いい加減、牛頭天王様に怒られそう……。無理言って記憶を残してもらったのに」

芽衣は目を閉じたまま、ブツブツと呟く。

「蘇民将来さんも、いい加減呆れてますよね……」

問いかけたものの、頭に浮かんできたのは優しく微笑む蘇民将来の表情だった。

想像の中でまで甘やかされている自分に呆れながら、芽衣は、次に目を開けた瞬間に気持ちを切り替えて家に帰ろうと決める。――しかし。

ふいに足元に柔らかいものが触れ、芽衣はビクッと肩を揺らした。

咄嗟に視線を落とすと、芽衣の脚に擦り寄っていたのは、出勤前にも会った巨大なうさぎ。

うさぎはその可愛らしい仕草とは裏腹に、ずいぶんふてぶてしい表情を浮かべ、芽衣を見上げていた。

「あれ……？　君、まだいたの……？　お家の人は……？」

慌ててしゃがむと、うさぎは芽衣の膝に両前足をかけ、鼻をひくひくと動かす。

因幡といたときの癖で背中に両腕を回すと、うさぎもまた当たり前のように芽衣の体によじ登ってきた。

「なんか、懐いてるし……」

戸惑いながらも、柔らかい感触があまりにも心地よく、芽衣は思わず横腹の毛に頬を埋める。

すると、うさぎはその体の大きさからは考えられない身軽さでぴょんと跳ね、芽衣の肩の上へと飛び移った。

着く。

ずっしりとした体重が急に肩に乗り、バランスを崩した芽衣は、慌てて地面に手を着く。

「ちょっ……重……！」

そして、なんとか体勢を保ち、ほっと息をついた。

しかし、この状態では立ち上がることすらできず、芽衣は首元のうさぎの体を指先でつつく。

「ねえ、降りて……？　これじゃ動けないから……！」

文句を言う芽衣を他所に、うさぎは器用に両肩に乗ったまますっかり落ち着いていた。

「どういうこと……？　なんでそんなところでリラックスできるの……？」

うさぎをつつく仕草がどんどん乱暴になっても、やはり反応はない。首も肩も痛く、やがて重さに耐えかねた体が震えはじめる。

もはや強引に降ろすしかなさそうだと、芽衣はさらに姿勢を下げて肩を揺らした。

「ちょっ……、降りて……、ってば……！」

しかし、どんなに粘ってもうさぎはビクともしない。

そうこうしているうちに徐々に体力が尽き、芽衣は地面にへたり込んだまま、溜め息をついた。

「しぶとい……」

ぽつりと零した呟きが、思いの外寂しげに響く。

ただ、本来ならば苛立って当然な状況なのに、そのときの芽衣の心にあったのは、誤魔化しようのない寂しさだった。

理由は、考えるまでもない。

肩にのしかかる重さが、懐かしい記憶を容赦なく刺激していた。

「君、おかしいって……」

芽衣はぐったりと脱力する。そして。

「その仕草も重さも、……完全に因幡なんだってば……」

因幡の名前を口にした瞬間、無意識に涙が零れた。

できるだけ考えないように、都合のよい解釈をしてしまわないようにと必死に抑えていたけれど、うさぎが見せる因幡そっくりな仕草のせいで、それもすべて台無しだった。

「こっちは必死なのに、そうやって思い出させるようなことして……、ほんと、酷いよ……」

芽衣はボロボロと泣きながら、溢れるままに文句を呟く。

うさぎにはなんの責任もないとわかっていながら、もはや自分では止めることができなかった。

心の奥の方では、こんなところを誰かに見られたらどうするのだと、妙に冷静に考えている自分がいる。

一方で、一度すべて吐き出してしまった方が楽かもしれないという思いもあった。

「肩に乗ってくるうさぎなんて、因幡くらいだと思ってたのに……」

芽衣は次々と流れる涙を拭いもせず、さらに愚痴《ぐち》を続ける。

「っていうか、なに食べたらそんなに大きく――」

そのとき。

突如、背後から足音が響き、芽衣は思わず言葉を止めた。

見られてしまったという焦りが込み上げる中、その気配にはなんだか覚えがある気がして、途端に胸が騒ぐ。

しかし、おそるおそる振り返ると、立っていたのは袴《はかま》姿の男だった。

月の逆光で顔は見えなかったけれど、その格好から察するに、おそらく八坂神社の禰宜《ねぎ》だろう。

「す、すみません、こんなところに座り込んで……！　急にこの子に懐かれてしまって……」

本殿の前で女がうさぎを肩に乗せて泣いているなんて正気の沙汰《さた》ではないと、芽衣は慌てて弁解した。

一方、うさぎはどっしりと構えたまま、禰宜の登場に動じる様子はない。

すると、禰宜は突如両腕を伸ばし、芽衣の肩からうさぎを抱え上げた。

一気に肩が軽くなり、芽衣はほっと息をつく。うさぎはといえば、フンと鼻を鳴らしながらもだらりと身を任せていた。

そのずいぶん扱い慣れた様子を見て、芽衣は、このうさぎはどうやら神社で飼われているらしいと察する。

「ここの子だったんですね……、勝手に触っちゃってすみません……」

芽衣はひとまずぺこりと頭を下げた。

しかし、禰宜から返事はない。

なんだか怪しまれている気がして、芽衣は、今すぐにでも走り去りたい衝動に駆られた。

しかし。

「――うさぎだと思い込んでいたが、これだけ重いとなると、間違っていた可能性もあるな」

突如響いたよく知る声に、ドクンと心臓が揺れる。

たちまち頭が混乱していく中、――心の奥の方では、この声を忘れるはずがないと考えている自分がいた。

「……これじゃ、ほぼ豚だろ」

ふたたび響く、男の声。

芽衣の脳裏に浮かんでいたのは、――他でもない、天の存在だった。

「まさか……」

無意識に、声が零れる。

今すぐ確かめなければと思っているのに、あまりの驚きに体が硬直し、立ち上がることすらできない。

ただ、逆光に照らされた男のシルエットは、背格好も風に揺れる髪もすべて、夢にまで見た天の姿そのままだった。

「あな、たは――」

声が掠《かす》れて質問ひとつまともにできず、芽衣はもどかしさを覚える。

すると、男はうさぎを片腕に抱え、懐からなにかを取り出したかと思うと、芽衣の目の前にスッと差し出した。

見れば、それは忘れもしない、川越氷川神社《かわごえひかわ》の絵馬。

受け取って裏返すと、そこに記されていたのは「天さんが、永遠に幸せでいられますように」という、かつて芽衣がしたためた切実な願いだった。——そして。

「……無責任な願いだな」

男が零した、溜め息混じりの呟き。

ふたたび見上げると、男は小さく笑い声を零す。そして。

「お前しかいないだろ。……これを叶えられるのは」

その言葉を聞いた瞬間。——この人は間違いなく天だと、芽衣はようやく確信した。


しかし、それと同時に芽衣を襲ったのは、頭が割れそうな程の酷い頭痛。

あまりの痛みに身動きひとつ取れず、わけがわからないまま、今度は視界が大きく歪《ゆが》んだ。

それを合図にするかのように、暴力的な勢いで意識が遠のいていく。

視界も徐々に暗転し、ふいに覚えたのは、ふわふわと宙を浮いているかのような奇妙な浮遊感。

その瞬間、——芽衣は察していた。

神社で見たものは、すべて夢だったのだと。

合点がいくと同時に、心にスッと冷たい風が通り抜けるような感覚を覚えた。

ただ、だとしても、なんて残酷で幸せな夢だったのだろうと芽衣は思う。いっそ夢でも構わないから、もう少し天と一緒にいたかったと。

しかし、その思いが届くことはなく、芽衣は最後の意識をゆっくりと手放す。

心の中では嬉しさと重い疼きが共存していて、いつまでも芽衣の心を震わせていた。


目覚めた瞬間、自分の部屋の見慣れた天井をぼんやりと眺めながら、芽衣は小さく溜め息をつく。

「そりゃ、夢だよね……」

ひとり言を呟くと同時に、ずっしりと気持ちが沈んでいく感覚を覚えた。

ただ、たとえ夢だとしても天の気配を感じられたことは嬉しく、芽衣はもう一度目を閉じて余韻に浸りながら、昨晩はいったいどこから夢だったのだろうと改めて思い返した。

しかし、どんなに考えても、昨日仕事を終えてからの記憶が曖昧だった。

八坂神社に寄ったことも夢だったとすると、ホテルからどうやって家に帰ってきたのか、まったく思い出せない。

いっそ昨晩の自分の様子を父に聞いてみようと、芽衣はゆっくりと体を起こす。

――しかし。

唐突に覚えた違和感に、芽衣は思わず動きを止めた。

「あれ……、着替えてない……」

驚くのは無理もなく、芽衣は昨日出勤したときのままの格好をしていた。

どんなに疲れていたとしてもさすがにあり得ないと、違和感がみるみる濃さを増していく。

咄嗟に手鏡を手繰り寄せて覗くと、化粧を落とした形跡すらなかった。

「なに……？　どういうこと……？」

わけがわからず、芽衣は一旦冷静になろうと頭を横に振る。――瞬間、シャラ、と、聞き覚えのある鈴の音が鳴り響いた。

しかも、音の元は明らかに、自分の首元。心臓がドクドクと鼓動を速める中、芽衣はふたたび鏡を覗き込む。――そして。

「これ、って……」

目に留まったのは、首にかけられた組紐と、先に結ばれた小さな鈴。それは忘れもしない、神の世で芽衣が常に身に付けていた、荼枳尼天《だきにてん》の鈴だった。

思考がまったく追いつかない中、芽衣はその鈴に指先でそっと触れる。

ふたたびシャラ、と涼しげな音が響き、胸がぎゅっと震えた。

「夢じゃ、ないの……？」

真っ先に浮かんできたのは、あり得ないと思い込んでいた予想。

早まりたくないと思っているのに、鈴を見た瞬間からどんどん膨らんでいく期待を、もはや抑えることができなかった。

すると、そのときふいに部屋の戸がそっと開き、父が顔を出す。そして。

「芽衣、大丈夫？　昨晩は呑みすぎたの？」

心配そうに、そう尋ねた。

「昨晩……？」

まさに気になっていたことを先に言われ、ドクンと心臓が大きく鼓動を鳴らす。

父は呆然とする芽衣を見て、困ったように笑った。

「やっぱり覚えてないんだ？　イケメンに運ばれて帰ってきたから驚いたよ。……あれって、まさか彼氏？」

芽衣の心境を他所に、父の声はさも楽しげに響く。

「運ばれた……って」

「え、まさかそれも覚えてないの？」

「って、いうか……、お父さんは、その人と喋ったの……？」

「は？　……そりゃ、まあ。にしても、どんな奴と付き合っててもいいって言ったものの、内心ビクビクしてたんだけど、まさか神職とはね。見た目はちょっとまぁ派手だけど、仕事柄悪いことできなそうだし、いいじゃん」

「神職……？」

「袴姿だったし、禰宜さんでしょ？　ってかあの人、あの格好のまま呑み歩いてんの？　大丈夫なの、それ」

淡々と語られる衝撃の発言をまったく処理しきれず、芽衣の頭はひたすら混乱を極める一方だった。

今もまだ夢を見ているのではないかと、手を握ったり頬に触れてみたりしたけれど、指先に伝わる感触にはなんの違和感もなく、その事実が余計に芽衣の混乱を煽る。

しかし、なにひとつ理解が追いつかない中、心の中には、ふつふつと強い衝動が湧き上がっていた。

「私……」

「うん？」

「ちょっと、……行ってくる」

「は？　ちょっ……」

もはや衝動任せに部屋を飛び出した芽衣は、その勢いのまま玄関を飛び出す。

ドアが閉まると同時に、首元で茶枳尼天の鈴が鮮やかな音を鳴らした。

頭は相変わらず混乱していたけれど、その音色に背中を押されるかのように、芽衣は早朝の町を八坂神社まで一気に走る。

そして、禰宜とはやはり天だろうかと、――どうか天であってほしいと、ただただそう願っていた。

やがて八坂神社に到着すると、芽衣は鳥居を潜り抜けて本殿の前まで行き、辺りをぐるりと見回す。

すっかり息の上がった呼吸が静かな境内に響いた。

「天、さん……？」

押し出されるように口から零れた愛しい名前が、胸を締め付ける。

「天さん……！」

二度目は、少し震えていた。

しかし、やはり返事はない。

それどころか、辺りからは生き物の気配ひとつ感じられなかった。

芽衣はその場にへたり込み、ゆっくりと呼吸を繰り返す。

さっきまでの勢いはすでに萎みつつあったけれど、それでも、胸元の鈴の存在が芽衣の心を支えていた。

これを芽衣に託すとすれば、天以外に考えられない。

ただ、その反面、もし天が会いにきてくれているとして、安易にヒトの前に姿を現し、ましてや父と会話を交わすなんてあり得るだろうかという思いもあった。

天はあくまで狐の化身であり、そもそも、禰宜の格好をしていることにも違和感がある。

少しずつ冷静さを取り戻すたび、疑問は増えるばかりだった。

しかし、そのとき。ふと頭を過ったのは、社務所を訪ねてみてはどうかという思いつき。

もし宮司や他の禰宜から話を聞くことができたなら、なにかがわかるのではないかと芽衣は考えていた。

早速立ち上がって本殿の脇を奥に進むと、すぐに小さな社務所が見える。

ただ、改めて思い返せば、この小さな神社で宮司を見かけたことは、学生の頃以来一度もなかった。

宮司はその当時すでにかなりの年配だったし、正月などの行事以外はほとんど顔を出さなくなったという話を聞いた記憶もある。

現に、社務所の前まで来たものの、窓にはカーテンが下り、人の気配はまったくなかった。

芽衣は社務所を前に、がっくりと肩を落とす。

しかし、ようやく明るくなりはじめた空を見上げ、ハッと我に返った。

「そっか……、まだ早朝なんだ……」

なにも持たずに出てきた芽衣には、時間を確認する術はない。

ただ、人を訪ねるには常識外れな時間であるということだけは、真横から射す朝日を見れば明らかだった。

いずれにしろ出直すべきだろうと、芽衣は重い脚を無理やり動かし来た道を戻る。

竜神を巡る旅で身に染みたばかりだが、期待したり落ち込んだりの繰り返しは、精神的にくるものがあった。

しかし、そのとき。

突如背後から響いたのは、社務所の戸が開く小さな音。

反射的に立ち止まった途端、足元に、ふわりと柔らかい感触が触れた。

見下ろすと、例のうさぎが芽衣の膝に前脚をかけてじっと見上げている。——そして。

「おい待て、——因幡」

その、すっかり聞き馴染んだ面倒臭そうな口調が聞こえてきた瞬間、芽衣は思わず硬直した。

みるみる高鳴っていく鼓動が、芽衣の体を大きく揺らす。

「因幡……？」

その名をゆっくり繰り返すと、足元のうさぎが長い耳をぴんと立て、こてんと首をかしげた。

同時に、社務所の方からゆっくりと足音が近付き、芽衣の後ろでぴたりと止まる。

頭の中は真っ白だったけれど、背中から伝わってくる気配も、その足音すらも、体が記憶していた。

そして。

「……おい」

ふたたび声が響くと同時に、芽衣はビクッと肩を揺らす。

その低い声も、ぶっきらぼうな言い方も、すべてが懐かしく、途端にやおよろずでの日々が脳裏に鮮やかに蘇ってきた。

天に間違いない——と。

確信した途端、目の奥がぎゅっと熱くなる。

けれど、振り返った途端に夢から覚めてしまうような気がして、芽衣はなかなか身動きを取ることができなかった。

しかし、そのとき。

ふいに腕をそっと引かれ、背中にふわりと体温が伝わる。

それは、夢と呼ぶにはあまりにもリアルだった。

少しずつ込み上げる期待に抗《あらが》えず、おそるおそる振り返ると、すぐに切れ長な目に捉えられる。

そして。

「まさか、覚えてないなんて言うなよ」

不満げな声が響くと同時に、勢いよく涙が溢れた。

「……天、さん……」

震える声で名前を口にすると、天の表情がわずかに緩む。

その表情を見るやいなや気持ちが溢れ出し、芽衣は頭で考えるよりも先に、思いきり天に抱きついていた。

あまりに唐突だったのか、天はわずかに後ろによろけながらも、芽衣を抱きとめ小さく笑う。

途端にふわりと甘い香りに包まれ、まるで一年前に時が戻ったかのような錯覚を覚えた。

「相変わらず、猪だな」

「なん……、どう、やって……」

からかわれても、言い返す余裕なんてなかった。

頭の中は、嬉しさや戸惑いや次々と湧き上がってくる疑問でいっぱいで、上手く言葉にすることすらできない。

ただ、今はなにより天の存在を確かめたくて、背中に回した両腕に思いきり力を込めた。

そして、もう一度、天を見上げる。――しかし、その瞬間、ふいに小さな違和感を覚えた。

「あれ……？　なにか、違う気が……」

言い終える前に気付いたのは、天の髪色の変化。

さっきは朝日に照らされて気付かなかったけれど、狐の毛色と同様にオレンジがかっていたはずの髪色は、ずいぶん落ち着いた色に変わっていた。

確かめるように毛先に触れると、天はなんでもないことのように頷く。

「目立つだろ、あれじゃ」

「……で、でも、これまではそんなの気にしたこと……」

「必要なかったからな、前までは」

「どう、いう……」

聞けば聞く程わけがわからず、芽衣はポカンと天を見つめる。

しかし、天はそれ以上の説明をしてくれないまま、いきなり背後を振り返り、意味深に眉を顰めた。

「……まずい、もう来た」

「え……？」

「あの爺《じじい》、荼枳尼天さながらに人使いが荒い」

「爺……？」

言葉の意味がわからず、芽衣は天が見つめる方向に視線を向ける。

すると、突如奥から現れたのは、袴姿の老爺。それが八坂神社の宮司だと気付くのに、さほど時間はかからなかった。

宮司は天の姿を見つけると、やれやれといった様子で手招きをする。そして。

「おい、なにしてる……！　今日は朝から商店街の会長のところへ使いへ行くよう頼んだろう……！」

その見た目からは想像できないくらいの大声で、そう叫んだ。

天は名残惜しそうに芽衣から離れると、うんざりした表情を浮かべて宮司に頷いてみせる。

芽衣の頭の中は、さらに混乱を極めていた。

「どうして、宮司さんと天さんが……」

「こっちは予定外に面倒なことになってるから、後でゆっくり説明する。……お前も仕事だろう。終わったらまた来い」

「え、また来い、って……」

「待ってるから」

「……」

理解はまったく追いつかないが、この状況から察するに、天はその格好の通りここで禰宜の仕事をしているらしい。

天は呆然とする芽衣の頭をぽんと撫で、あっさりと背を向けた。――しかし。

「……芽衣」

無意識に天の袖を掴んでいたことに気付いたのは、名を呼ばれた瞬間のこと。

自分でもわけがわからないまま、目からぽろぽろと涙が流れ落ちた。

「い、行かないで、ください……」

込み上げるように呟いたのは、不安の滲む酷く弱々しいひと言。

正直、まだこのおかしな再会にも、謎だらけの展開にも、なにもかもに混乱しているのに、天を止めなければならないという強い思いだけは明確にあった。

心を占めていたのは、今別れてしまえばもう二度と会えないのではないかという恐怖。

だから、たとえ幻覚だろうが夢だろうが、簡単に行かせてしまうわけにはいかなかった。

「また、消えちゃうんでしょう……？」

天の姿を一秒でも長く記憶に留めておきたいのに、次々と溢れる涙が視界をさらに滲ませる。

芽衣は袖を掴む手にぎゅっと力を込めた。

「だから、……お願いだから」

「芽衣」

「〝後で〟なんて、もうないかもしれないから――」

最後まで言い終えないうちに、そっと頭を引き寄せられた。

同時に、柔らかい感触が唇を塞ぐ。

突然のことに驚き目を見開くと、ほんの数センチの距離から、まっすぐな視線に捉えられた。

天は唇をゆっくりと離すと、指先で芽衣の涙を拭う。そして。

「……俺の認識では、消えたのはお前の方だ」

そう言って、困ったように笑った。

「こっちは散々苦労して会いに来たんだ。簡単に消えるわけないだろ」

「……だ、けど」

「そもそも、お前が昨晩意識を失わなければ、こういうことになってない」

口調は不満げなのに、その表情は驚く程優しかった。

不思議と、不安がゆっくりと溶けていくような感覚を覚える。

「……本当、ですか」

「俺が嘘をついたことないだろ。お前と違って」

「……じゃあ、約束してください」

縋《すが》るような気持ちで、芽衣は小指を差し出した。

すると、天は笑いながらそれに自分の小指を絡め、芽衣と額を合わせる。

「……もし破ったら、どうしますか」

「破らないから、決めるだけ無駄だ」

間近で響く天の声が、心にスッと馴染んだ。

そして、数秒の沈黙の後、どちらからともなく小指を離すと、天は芽衣の首元で揺れる茶枳尼天の鈴にそっと触れた。

「爺の使いが終わったら、ここで待ってる。……必ず来いよ」

「……わかり、ました」

掴んだ袖を離すと、天はもう一度芽衣の頭を撫でる。

そして、今度こそ、その場を後にした。

すっかり気配がなくなってからも、芽衣はにわかに信じられない気持ちのまま、しばらくその場に立ち尽くす。

しかし、足元のうさぎに脚をかりかりと引っ掛かれて我に返り、芽衣はその大きな体を抱え上げた。

「因幡、なの……？」

尋ねたものの、返事はない。

ただ、さも安心しているかのように芽衣に体を預ける様子は、確かに因幡を思い起こさせる。

「因幡だったとしても、ヒトの世じゃ喋れないか……」

わかってはいるけれど、口が達者でない因幡というのは、どうしても違和感が拭えなかった。

そっと地面に下ろすと、因幡は地面をクンクンと嗅ぎ、やがてすぐ傍の草を食べはじめる。

芽衣はその横にしゃがみ、見るからに柔らかそうな背中を撫でた。

「うさぎは完全に草食のはずだけど、本当に因幡なら、絶対草だけじゃ満足してないでしょ……」

そう言うと、因幡は芽衣にチラリと視線を向け、フンと鼻を鳴らす。――けれど。

「今度、持ってきてあげようか？　……お肉とか」

なんの気なしにそう口にした瞬間、突如、勢いよく顔を上げた。

「え、なに……」

これまでにない俊敏な動きに、芽衣は動揺する。

一方、因幡は食べかけていた草にはもはや興味がないとばかりに放置し、芽衣の膝の上によじ登ってきた。

「これは……、間違いなく因幡だ……」

その反応はあまりにわかりやすく、驚きが次第に笑いに変わっていく。

半信半疑だった気持ちが払拭され、芽衣は改めて因幡の首元を撫でた。

「……本当に、会いにきてくれたんだね」

正直、天が現れた瞬間から、心の奥の方で、この幸せな夢はいつ醒《さ》めるのだろうと
ずっとビクビクしていた。

けれど、まったく変わりない因幡の反応のお陰で、これは現実なのだという実感がじわじわと湧きはじめていた。

芽衣はゆっくりと立ち上がり、荼枳尼天の鈴を握りしめる。

そして、仕事が終わったらまた来いと言った、天の言葉を心の中で繰り返した。

「今日は全然集中できそうにないけど……、行ってくるね」

そう言うと、因幡は耳をピクッと反応させる。

芽衣はそんな因幡に手を振り、本当はずっとここで待っていたい気持ちを押し殺して八坂神社を後にした。


予想通りというべきか、その日はあまり仕事に集中できなかった。

せめて忙しければ時間が経つのも早いが、そんな日に限って宿泊客が少なく、考えごとばかりが捗《はかど》ってしまう。

そのお陰というべきか、休憩に入る頃には朝の混乱がだいぶ整理され、同時に、さまざまな疑問が明確になっていた。

いつも通りの屋上で、芽衣は深い溜め息をつく。

なにより不思議なのは、天はいったい、どうやって会いにきたのかということ。

禰宜の格好をして八坂神社の宮司に使われているらしいことも、そもそも父や宮司と普通に会話をしていることもまったく意味がわからないし、神の世にいた頃ならまずあり得なかったことだ。

「あれじゃ、まるで――」

まるでヒトみたいだ、と。ふいに浮かんだ可能性を、芽衣は慌てて否定した。

さすがに、それはありえないと。

神の世では不思議なことばかりが起こるけれど、だからといってなんでもアリなわけではない。

むしろ神様ですら叶えられないことがたくさんあるのだと、芽衣は神の世で暮らす中で嫌という程知った。

しかし、だとすれば、天や因幡にいったいなにが起きたのか、芽衣にはまったく見当がつかなかった。

神の世とヒトの世には境界があり、神々や妖たちが一方的に、そして一時的に行き来することはあっても、完全に根を下ろすことはできない。

実際、芽衣がどんなに望んだところで、結局それが叶うことはなかった。

「一時的、か……」

つまり、天もまた一時的であり、いずれは戻ってしまうのかもしれない。それは、ある意味当然の予想だった。

そう考えると同時に胸に痛みが走ったけれど、芽衣はそれを誤魔化すかのように首を横に振る。

「あまり贅沢は言えない……」

たとえ一時的であったとしても、天との再会が奇跡でしかないことを、芽衣はよくわかっていた。

思えば、つい一昨日、ほんのひと目でいいから会いたいと、なかば衝動的に伊勢へ向かったばかりだ。

あのときの切実な願いは、今朝すでに叶った。

ただ、そうやって納得したところで思考はぐるぐると同じところを回り、期待や不安がキリなく浮かんでくる。

芽衣はひとまず深呼吸をして目を閉じ、今朝天と交わした約束を思い浮かべた。

そして、――今はとにかく、再会を喜ぼう、と。

複雑な思いを、無理やり心の奥へ押し込んだ。

仕事が終わるやいなや、挨拶《あいさつ》もそこそこにホテルを飛び出した芽衣は、一直線に八坂神社へ向かった。

そして鳥居の前に立ち、一旦呼吸を整える。

正直、緊張していた。

あれから半日経ち、今朝の出来事は現実だったとようやく実感したものの、どうしても、天がこの先にいるというイメージが湧かない。

もしいなかったらどれだけ落胆するか、想像しただけで胸が苦しくなった。――しかし。

「――早かったな」

突如天の声が響き、芽衣は咄嗟に顔を上げる。

すると、鳥居の奥で穏やかに笑う天と目が合った。

「……本当に、いた」

つい思ったままの呟きが零れた瞬間、天は眉を顰め、すっかり固まってしまった芽衣との距離をゆっくりと詰める。

そして、鳥居越しに向かい合った途端、――ふと、一年前の光景が頭を過った。

あの別れの日、ヒトと繋がる鳥居越しに天と交わした会話を、芽衣は今もはっきりと覚えている。

〝また、会いましょうね〟と、あのときそう口にした気持ちに、決して嘘はなかった。

「まだ信じられないけど、……会えたんですね」

ぽつりと呟くと、天はわずかに瞳を揺らす。

そして、芽衣の腕を掴み、ゆっくりと引き寄せた。

鳥居をくぐる瞬間、一日ひたすら考え続けて混沌とした心の中が、スッと晴れるような心地を覚える。

天は芽衣を抱きとめると、昔と変わらない仕草で頭を撫で、小さく溜め息をついた。

「悪かったな。思ったより時間がかかった」

「そんな……、でも、あの……」

「ん？」

「ど、どうやって……。会えるって信じるとは言いましたけど、方法なんてなかったはずだし、いったいどんな手を……、そもそも、その格好――」

「……待て、一旦落ち着け」

名を呼ばれると同時に天の両腕に力が込められ、次々と溢れ出した言葉がぴたりと止まる。

ひとたびこの心地に包まれてしまうと、不思議なくらいに、心の中の混乱や衝動がすべて凪いだ。

すると、天は周囲をぐるりと確認してから体を離し、芽衣の手を引いて境内を奥へと進む。

「こっちに。宮司に見つかるとややこしい」

「ややこしい……？　そもそも、天さんはここでなにを……」

「いわゆる口稼ぎだ」

「口稼ぎ……？」

「金はともかく滞在できる場所がないからな、こっちには」

「えっと……」

聞いたもののまったく意味がわからず、芽衣は首をかしげた。

天の口ぶりからは住み込みのアルバイトのようなニュアンスを感じるが、さすがにあり得ないと頭が勝手に否定している。

そもそも、天がヒトの世で働くまでの経緯が、芽衣にはまったく想像できなかった。

芽衣は混乱する頭を必死に整理しながら、ふたたび天を見上げる。

「あの……、ここの宮司さんとはどうやって知り合ったんですか……」

「蘇民将来にここを訪ねろと指南されたんだよ。人手に困っていると聞いてはいたが、幸運にも即採用だった」

「天さんを、採用……？　え、ここの宮司さんって神様なんですか……？」

「阿呆《あほ》か、なんでそうなる」

「だ、だって……！」

説明されるごとに謎は増えていく一方で、あまりにもどかしく、つい声が大きくなった。

天は唇の前で人差し指を立て、本殿の横をすり抜けると、裏の出口の石段に芽衣を座らせる。そして。

「ここなら誰も通らないから、お前の質問に答えてやれる」

そう言って、自分も横に腰を下ろした。

ただ、いざ質問しろと言われると、逆になにから訊けばいいのか見当もつかなかった。

そんな芽衣を、天はただ黙って見つめる。

その視線がどこか切なげで、途端に胸がぎゅっと締め付けられた。

「あの……、天さんは……」

その瞬間に頭に浮かんできたのは、芽衣にとってもっとも重要な問い。ただ、それは同時に、もっとも訊くのが怖い問いでもあった。

芽衣はみるみる速くなっていく鼓動に怯みそうになりながらも、ゆっくりと口を開く。そして。

「天さんは、……いつまで、ここにいられるんですか……？」

そう口にした瞬間、まるで体から一気に体温が奪われるかのような不安を覚えた。

天の答えがたとえ一日でも、三日でも、嬉しい。

逆に言えば、一ヶ月でも、一年でも、終わりが来るならば寂しい。

もっとも欲しい答えが決まらない中、芽衣は手のひらをぎゅっと握って覚悟を決める。——しかし。

「ああ、——お前、気付いていないんだな」

天の返答は、予想のどれとも違っていた。

「え……？」

ガチガチに硬直していた体から一気に力が抜け、かすかに眩暈《めまい》を覚える。

すると、天は芽衣の手を取り、自分の頬を触らせた。

「……ほら」

「ほら……、って言われても……」

「冗談だろ……、相変わらず鈍いな、お前」

「鈍い……？」

ひたすらポカンとする芽衣に、天は苦笑いを浮かべる。

そして。

「俺は、――もう、狐じゃない」

天があまりにもさらりと言い放ったその言葉で、芽衣の頭は真っ白になった。

「は……？」

「今は、こっちの住人だ」

まったく頭が働かなくなった芽衣を他所に、天は自分の手のひらを握ったり開いたりしながら、不満げに顔をしかめる。

「それにしてもヒトの体は重い。反応も鈍いし木すらまともに登れないとは」

「……」

「お前、よくこの体であれだけの無茶をしてたな」

「……あの」

「うん？」

「それは、その……、ずっと、一緒にいられるってこと、ですか」

ようやく口にしたのは、絶対に叶わないと思っていた願い。

すると、天は懐から氷川神社の絵馬を取り出し、芽衣の前に掲げた。

「前にも言ったろう。これはお前にしか叶えられない」

「……」

「おい、また意識を飛ばすなよ」

「つまり……、それを、私が叶えてもいいってことですか……？」

「だから――」

答えを聞く前に、堰《せき》を切ったように涙が溢れた。

天はやれやれといった様子で芽衣の頬を拭いながら、懐からふたたびなにかを取り出す。

「まあ、言う程簡単な話じゃなかったが……、一番役に立ったのは、これだ。お前が俺にこれを託さなければ、こうはいかなかった」

天が持っていたのは、石のような黒い塊だった。ちょうど手のひらに収まるくらいの大きさで、表面は焼け焦げたかのようにザラザラしている。

「私が、これを……？」

手にとってまじまじと観察してみたものの、それは、まったく見覚えのないものだった。――しかし。

「これは、牛玉《ぎゅうだま》だ。別れ際、俺に渡しただろう」

牛玉という言葉を聞いた途端、頭に鮮明に蘇ってきたのは、牛頭天王と最後に交わした会話。

牛頭天王は芽衣への行いを乱暴だったと詫《わ》び、そのときに、牛玉と呼ばれる角のカケラをくれた。

しかし、あのとき渡されたものと天が見せてくれたものは、見た目がまったく違っている。

「牛玉って、もっと白くて、奥の方がキラキラしてたような……」

「使う前は、そうだったな」

「使う前……？」

「願いを叶える前、という意味だ」

「……それって」

それ以上はもはや、聞くまでもなかった。

つまり、天が叶えた願いとは、――ヒトになること。

ただ、そう考えるにはどうしても拭えない違和感があった。

「でも、これで叶えられるのは〝些細な願い〟だって……！　そんなことができるなら、あのとき教えてくれても……！」

「……いや、それに関しては、荼枳尼天すら知らなかった。その可能性を示唆《しさ》したのは、蘇民将来だ」

「蘇民将来さんが……？　というか、さっきも思ったんですけど、天さんはいつの間に蘇民将来さんとお知り合いに……」

「お前が去った後、苦情を言いに行った。……もっと上手く芽衣を言いくるめることくらいできただろうと」

「そ、そんな無茶を……」

「ああ。芽衣の意志を汲んでやれと散々説教された。……が、そのときに聞いたんだよ。牛玉を賜ったなら、それを使って願いを叶えればよいだろうと。……牛頭天王の角なんて忌々しい物、芽衣から託されたものでなければ捨ててやろうと思っていたが、思ったよりずっと強い力を秘めていたらしい」

　それを聞いて思い出したのは、蘇民将来と牛頭天王の間には、とても深いゆかりがあること。

　蘇民将来は、かつて道に迷った牛頭天王を助け、その見返りに疫病を跳ね返す茅《ち》の輪《わ》を賜ったという話だ。

結果、疫病が蔓延《まんえん》して全滅した村で蘇民将来の家族のみが生き残ったという逸話があり、つまり、牛頭天王の持つ強大な力をもっとも知る存在とも言える。

「ヒトが神の世に住むには、八郎太郎のように複雑な経緯から姿を変えるか、妖と化すかのどちらかしかない。逆もまた同じで、自らヒトの子として生まれたものの長くは続かなかった大浪池の竜神のように、神ですら自分の意思ではどうにもならないという。……だが、どうやら俺のような化身は少し事情が違うらしい」

「だけど……、少なくとも、牛玉をくださった牛頭天王様はそのことをご存じだったはずですよね……?」

「……茶枳尼天の手前、言わなかったんだろ」

「あ……」

天がヒトになるということは、親同然である茶枳尼天との決別を意味する。

天は一見、茶枳尼天を疎ましがっているように見えるが、実際は強い絆で結ばれていることを、芽衣は仁《じん》から聞いた過去で知った。

「茶枳尼天様のことは、……その、大丈夫なんですか……?」

遠慮がちに尋ねると、天は大袈裟《おおげさ》に溜め息をつく。

「いや、それも時間がかかった理由のひとつだ。……親子のように扱われていても俺は所詮、荼枳尼天の使いで、つまり契約関係にある。それを解消するために荼枳尼天が提示した条件は、うんざりする程多かったからな」

さも面倒そうな表情が、かなりの苦労を想像させた。ただ、芽衣が気にしていたのは、そのことではなかった。

「そうじゃなくて……、天さんは、寂しくないのかなって……」

ふいに、天がわずかに瞳を揺らす。

天らしくないわかりやすい反応に、心が小さく疼いた。

しかし、天は少し逡巡《しゅんじゅん》するように間を置いた後、小さく笑う。

「まあ、正直なくはないが、それでも、もっとも重要なものには変えられないだろ」

それは、天の抱えた葛藤が伝わってくるかのような、素直な答えだった。

天もまた、自らに多くの苦しい選択を強いて決断し、この日に至ったのだろう。そう思うとなんだかたまらない気持ちになって、芽衣は天の手をぎゅっと握った。

天はそんな芽衣とは逆に、不満げな表情を浮かべる。そして。

「ただ、もっとも時間がかかった理由はそれだけじゃない。……お前、記憶を失いかけてただろ」

そう言って、溜め息をついた。

「記憶……?」

芽衣は一瞬ポカンとしたものの、確かに、記憶を失いかけていたという言葉には心当たりがあった。

それは、まだ芽衣が竜神たちを巡る前。

仕事の休憩中、あまりにも突然、やおよろずの名前や厨房の風景が思い出せなくなった。

かろうじて名前は思い出せたけれど、あのとき感じた恐怖を思い出すと、体がゾクッと冷える。

「確かに……、急に記憶が抜け落ちて……」

そう言うと、天は手にした絵馬に視線を落とし、芽衣が綴った願いを指先でそっと撫でた。

「……願いというのもまた、ある意味契約に近い。俺がここに来られた理由は、この絵馬に綴られた願いが、違う世界に住む俺とお前を繋いでいたという大前提があるからだ。……なぜなら、この願いを叶える方法は、俺とお前が会う以外にない」

「私が絵馬に願いをかけたことで、私と天さんが繋がってたってことですか……?」

「そういうことだ。ただし、それも、お前がこの願いを忘れた時点で成立しなくなる。

……忘れれば、契約は当然反故《ほご》となり、繋がりも消えるからな」

「そ、そんな……、忘れたいなんて少しも望んでないのに……」

「望まなくとも、あくまで一般論として、ヒトはヒトの世で生きることが最善であり、神の世での記憶がそれを阻むようならいずれは薄れる。本人の意思は関係なく、自然の摂理だ」

それは、なんだかゾッとする話だった。

一方、あの日氷川神社で思うままに綴った願いが、今日に至るまでの基盤になっていたという事実には、奇跡を感じずにはいられなかった。

「じゃあ……、危ないところだったんですね……」

手遅れになっていたらと思うと怖ろしく、芽衣は額に滲んだ汗を拭う。

すると、天はそんな芽衣の背中を摩《さす》りながら、苦笑いを浮かべた。

「……いや、お前はそこから猪っぷりを発揮しただろう。まさかお前が竜の加護を得て、記憶をふたたび取り戻すとは。……ヒトの世にいながら、普通はあの手段は思いつかない」

「やっぱり、あの旅のお陰で……」

「ああ。だからこそ、俺はここに来れた。とはいえ、普通はあそこまで顕著に竜の協力は得られないが。……それもお前が神の世で積んだ徳の賜物だな」

天が笑うと同時に芽衣の脳裏を過ったのは、例の占い師――黒塚のこと。

こうして天から一連のことを聞いた上で改めて考えると、あのときの黒塚は、すべてを見越していたとしか思えなかった。

「天さん……、竜の加護を得ようと思ったのは自分の思い付きじゃなくて……、黒塚さんが私を導いてくれたからなんです……」

「は？　……黒塚？」

天のキョトンとした反応を見て察したのは、黒塚の行動は、すべて単独での判断だったらしいということ。

「黒塚さんからは、なにも聞いてませんでしたか……？」

一応尋ねてみたものの、天は首を横に振った。

「いや、なにも。というか、あいつはお前がヒトの世に帰った後、猩猩と一緒にフラッと姿を消した」

「そうなんですか……？」

「ああ」

「なにも言わなかったんだ……。黒塚さんらしいといえば、らしいですが……」

脳裏にふと、妖艶に微笑む黒塚の姿が浮かぶ。

天は少し考えた後、小さく溜め息をついた。

「……猩猩を連れて行ったということは、さしずめヒトの世に忍び込んで竜に根回しをしていたんだろう。……いくら要領のいい妖でも、ヒトの世で派手に動けばいずれ見つかり、下手すれば消されかねないからな」

「消されるって……、そんな危険なことを私のために……？」

「まあ、ただの予想に過ぎないが。とはいえ、あいつが一番わかってるだろう。……会えない相手を思う苦しさを」

天の言葉で、心臓がドクンと震えた。

天が語った通り、黒塚はヒトとして生きていた頃、仕えていた大臣により幼い娘と引き裂かれている。

そして、再会が叶わないまま、いずれはヒトを食う妖と化した。

本来の歴史なら、黒塚はようやく再会した娘を娘だと気付くことなく、自ら手にかけてしまう悲惨な結末を迎える。

それを避けられたのは、ツクヨミの協力により、芽衣たちが過去を変えたからだ。

そして、黒塚はどういうわけかその事実を察している。

「あのときの恩なら、もう十分すぎるくらい返してもらったのに……」

「神の世に住む者の立場なら、普通はさっきも言った一般論の通り、ヒトはヒトの世に馴染むべきだと考える。……が、あいつは違うんだろうな。わかり辛いが、これまでもお前がもっとも望むことを優先していた気がする」

「黒塚さん……」

黒塚はいつも飄々《ひょうひょう》としているが、もしすべて天の予想通りなら、おそらくかなり危険な橋を渡らせたのだろう。

感謝を伝えたいけれど、会いたいと望んだところで姿を現してくれるような相手でないことを、芽衣はよく知っていた。

そのとき。

背後からふとよく知る気配を覚え、振り返ると、不満げに芽衣を見つめる因幡と目が合う。

疑問はずいぶん解明されたと思っていたけれど、その姿を見た途端、芽衣は重要なことを思い出した。

「そうだ……！　因幡はどうしてこんなことに……？　というか、燦ちゃんは……？　そもそもやおよろずはどうなったんですか……？」

勢いよく疑問を口にする芽衣を他所に、因幡はのそのそと芽衣の膝の上に上がり、ずっしりとした体を預ける。

しかし、天は即座に因幡を抱え上げ、石段の脇の草の中に放り出した。

「こいつは勝手に付いてきた」

「勝手にって……。因幡も牛玉の力で……？」

「いや、こいつはこう見えて化身じゃなく、ただの喋るうさぎだ。……ヒトの世に来ることで、本当の意味でただのうさぎになった」

ただのうさぎという表現には違和感があるが、確かに、やおよろずにいたときの様子とはまるで違っている。

前までなら天に掴みかかってもおかしくないのに、因幡は不満気に鼻を鳴らすだけで、やがて目の前の草を食《は》みはじめた。

「この姿、因幡にとっては屈辱的なんじゃ……」

「すべて承知の上で、自分で決めたらしい。お前の傍以外には居場所がないと思ったんだろう」

「あの因幡が……」

そんなふうに思ってくれたのだと思うと素直に嬉しく、なんだか胸が詰まった。

因幡はそんな芽衣にちらりと目を向け、ご機嫌な様子で耳を動かす。

一方、天はうんざりした表情を浮かべた。

「にしても……、こいつのせいで、こっちはずいぶん身動きが取り辛かった。この巨体を連れて移動すると、目立って仕方がない」

「そ、それは……お察しします……」

「ただ、改めて考えてみれば、こいつにとっては賢明な選択だった。今のやおよろずでは、これまでのような好き勝手はできないだろうからな」

「え……？」

咄嗟に芽衣が反応したのは、天がさりげなく口にした「今のやおよろず」という言葉。

すると、天は芽衣の言いたいことはわかっていると言わんばかりに頷く。

そして。

「今、――やおよろずは仁が見てる」

ふいに、予想もしなかったことを口にした。

「仁さんが、やおよろずを……？」

「ああ。むしろ、仁からの申し出があったからこそ荼枳尼天を説得できたようなものだ。やおよろずは茶枳尼天一行にとって重要な収入源でもある」

「そんなことが……」

「仁は本来の歴史なら死んでたはずなのに、……あのとき助けて得したな」

天は平然と憎まれ口を叩くけれど、仁のことをどれだけ慕っていたか、芽衣はよく知っている。

ただ、そんな仁と、天はもう会うことはできない。

それどころか、燦やシロや、天と仲の良い大山津見《おおやまつみ》をはじめこれまで関わってきた神様たちとも、もう前のように言葉を交わせなくなってしまった。

深く考える程に、仲間たちと離れ離れにさせてしまったことへの心苦しさが込み上げてくる。

そして、芽衣は改めて実感していた。天の決断は、思っていた以上に、――それこそ、元々ヒトの世にいた芽衣とは比較にならないくらいに重いのだと。

「天さん……、本当に――」

よかったんですか、と。さっきと同じ問いを口にしかけて、芽衣は咄嗟に口を噤んだ。

天もまた、さっきと同じように「もっとも重要なものには変えられない」と言って笑ってくれるだろうとわかっていたからだ。

そもそも、今さら確認したところで、もうやり直すことはできない。

そう考えた途端、――ふいに、心の奥から使命感のようなものが湧き上がってきた。

「天さん……」

「ん」

「これからは、全部、私に任せてください……」

「……は？」

突如拳《こぶし》を握った芽衣に、天は怪訝《けげん》な表情を浮かべる。

それでも、芽衣の勢いは止まらなかった。

「ヒトの世で右も左もわからない天さんのために、私はなんでもします」

「……芽衣、ちょっと待て」

「大丈夫ですよ！　神の世では散々養ってもらいましたし、今度は――」

「――おい、いいから聞け」

強引に言葉を遮られて我に返ると、すっかり呆れた様子の天と目が合う。

天はポカンと見上げる芽衣を見て、大袈裟に溜め息をついた。

「……誰がお前に養ってもらうか」

「え、だって……」

「呆れる程変わってないな、お前は」

天はそう言うと、懐に手を突っ込んでなにかを取り出し、芽衣の前で手のひらを開く。

そこに載っていたものを目にした瞬間、芽衣は思わず息を呑んだ。

「う、嘘……、これって……」

天が持っていたのは、眩《まばゆ》い輝きを放つ金の塊。

おそらく、やおよろずの金庫に大量に仕舞われていた、神様たちから宿泊代として賜ったものだ。

ヒトの世でこんなものを目にするとは思わず、芽衣は硬直する。

すると、天はふたたびそれを懐に仕舞い、にやりと笑った。

「右も左もわからずに飛び込んでくるわけがないだろう。お前じゃあるまいし」

「で、でも……、っていうか、勝手に持ち出したんですか……？」

「阿呆か。……餞別《せんべつ》だよ、茶枳尼天からの。ちなみに、これで全部じゃない。重いから置いてきたが、あっちにはまだまだある」

「あっち……？」

「ああ。……あっちに」

芽衣には天の言う「あっち」に、心当たりはない。

わけがわからず呆然としていると、天は突如、笑みを収め、芽衣をまっすぐに見つめた。——そして。

「……お前に、確認したいことがある」

突如、天を取り巻く空気が変わった気がした。

芽衣は途端に緊張を覚え、返事もできずに天を見上げる。

すると、天はどこか不安げに瞳を揺らし、それからゆっくりと口を開いた。

「俺は近々伊勢に戻る。——そのときは、お前にもついてきてほしい」

慎重に選ぶように紡がれた言葉が、静まり返った境内に響く。

言葉の意味を理解するよりも先に、心がぎゅっと震えた。

「……芽衣がようやく築いた新たな生活を壊すのは、正直忍びない。だが、お前はなんの心配もいら——」

「——行きます」

すべて聞き終える前に返事が零れ、驚いたのは芽衣自身だった。

天は一瞬驚いた様子を見せたものの、すぐに表情を緩め、小さく笑い声を零す。

「お前、少しは考えてから……」

「必要ないです。むしろ、確認なんて必要ですか？」

「まだ、なにも説明してないだろ」

「いりません。……天さんと一緒なら、なんだっていいもの」

「……」

絶句する天は珍しい。

ただ、それは心からの本音だった。

高揚からか、震えはじめた指先を天がぎゅっと握る。

そして、そのまま引き寄せられ、芽衣は天の胸の中にすっぽりと収まった。

懐かしい心地に浸りながら、芽衣は改めて「ヒトになった」という天の話を思い返す。

ただ、こんなに密着していても、以前との違いはまったく感じられなかった。

「あの……、ヒトになって、なにか不便はないですか……？」

ふと不安になって尋ねると、天はわずかに体を離す。そして。

「ある」

たいして考えもせず、眉間に皺《しわ》を寄せてそう言い放った。

「そ、そんな即答……」

「しつこいようだが体は重いし動きも鈍い。やたら睡眠を必要とするし、たかだか三十里程度の移動ですぐに疲れる」

「たかだか三十里……？　一里って確か四キロだから、百二十キロ……って、天さんまさか伊勢からここまで徒歩で……」

「おまけに、そこらで寝ていたらすぐに不審者扱いされる。……わずらわしくて仕方がない」

天の話を聞きながら、これは想像よりも前途多難だと芽衣は思う。

ただ、さも不満げに文句を言う天の様子がなんだか可笑しく、芽衣はつい笑いそうになって、慌てて口を押さえた。

「……おい、今笑っただろ」

「い、いえ！　まったく……！」

「嘘をつくな」

「違います……！　大変だったんだなって思っただけで……」

「余計な世話だ」

「で、ですよね、すみません。だけど、……後悔、してませんか？」

それは、ただ会話の流れで口にした問いだった。

しかし、思いの外心に重く響き、芽衣は戸惑う。

笑いもすっかり引っ込み、その代わりに、言い知れない不安が込み上げてきた。

たとえ図星だったとしても、おそらく天は本音を言わないだろう。それがわかっていながら確認するようなことをすれば、天を追い詰めてしまうのではないかと。

しかし、天はたいして考える素振りも見せずに首をかしげる。

「後悔？　……どこに」

そのあまりに拍子抜けな反応に、芽衣は逆に困惑した。

「え、だって……、さっきもいろいろ不満を零してましたし、ヒトの体って不自由じゃないですか……」

「それは否定しない。想像以上に最悪だった」

「ほら……。もう狐の姿にはなれないんですよね……？　天さんは、私の生活を壊すことを忍びないって言いますけど、天さんのほうがよっぽど……、というか、なにもかも失って……」

言葉にするたび、心が疼いた。

しかし、相変わらず天に動揺する素振りはない。そして。

「俺は、そんなに失ってない」

さも当たり前のように、はっきりとそう口にした。

「いや、さすがに……」

「確かに、なにもかも失う覚悟だった。……が、実際は違った」

そんなはずはないと思うものの、天の口調は、ただの気休めを言っているようには聞こえなかった。

訝しむ芽衣に、天はさらに言葉を続ける。

「先に言っておくが、俺は今さら、逆に得たものが大きいなんていう慰みを言いたいわけじゃないからな。あくまで、現実の話をしてる」

「じゃあ、失ってないってどういう意味ですか……？」

そこまで言うのならと、芽衣は期待を込めて天の言葉を待つ。――しかし。

「お前、説明はいらないと言ったろう。なら、自分の目で確かめろ」

天は答えをくれず、そう言って意味深に笑った。

「そんな……、やっぱり説明ください……！」

「一緒にいればそのうちわかる」

「でも気になって眠――」

言い終えないうちにふたたび抱きしめられ、抗議の言葉は中途半端に途切れた。

ずるいと思いながらも、この心地に包まれるやいなや大概のことがどうでもよくなってしまう自分がいる。

ただ、間近で響く、迷いも動揺もいっさい感じられない天の鼓動が、言葉で聞く以上に芽衣の心を安心させた。

「言っておきますけど、……ヒトは、あっという間に死んじゃうんですよ」

あっさりと丸め込まれてしまったことへの小さな抵抗のつもりで、芽衣は神の世で天からよく聞かされた台詞《せりふ》を呟く。

しかし、天はさほど考えもせず、あっさりと頷いた。

「いいよ」

「……前はあんなに不満げだったのに」

「お前が死んだ後に何百年生きても意味ないだろ」

「……」

なんという殺し文句だと、芽衣はついに返す言葉を失う。

同時に、天には到底敵《かな》いそうにないと、改めて実感していた。

「そう言って、先に死んだら許しませんよ。……一日でもいいから、私より長く生きてくださいね」

天の胸に顔を埋めたまま呟くと、天が小さく笑う。

「一日は堪え難いな。せいぜい四半刻なら」

「……一分でもいいです。もう、あんな別れは堪えられないですから」

そう言った瞬間、背中に回された両腕にぎゅっと力が入った。

「天さん、苦し……」

「悪い」

「ぐ、宮司さんに見つかったら、怒られますよ……？」

「確かに」

天は頷きながらも、離すどころか力を緩める気配すらない。

ただ、その密着した体から、天の思いが――〝あんな別れは堪えられない〟という芽衣と同じ思いが、流れ込んでくるかのような気がした。

自然に、芽衣の両腕にも力が籠《こも》る。

そして、辺りに因幡の咀嚼音だけが響く中、芽衣はようやくじわじわと実感をしはじめていた。

これからは、誰に咎められることなく、天と共に過ごす未来を選べるのだと。

「――え？　退職……？」

「はい」

廣岡に退職の意思を伝えたのは、翌日のこと。

よほど意外だったのだろう、廣岡はしばらく硬直していた。

それは無理もなく、廣岡は芽衣に正社員登用の提案をくれたばかりだ。

芽衣としてもかなり心苦しく、明らかにショックを受けている廣岡の目をまっすぐに見ることができなかった。

「ちなみに、理由は……？」

廣岡は事務所の椅子《いす》に芽衣を座らせ、混乱した様子で瞳を揺らす。

芽衣は一度深呼吸をし、ゆっくりと口を開いた。

「伊勢に、戻ろうと思います」

戻るという表現が自然に出たことに、芽衣は密かに驚く。

それは、伊勢が自分にとってかけがえのない居場所であることを、実感した瞬間でもあった。

「伊勢って……、もしかして、華月から戻ってくるよう打診があったとか？　……そりゃそうだよね、君はすごく優秀だから、きっといい条件を提示してくれるだろうし」

「い、いえ、そういうわけでは……！」

「だけど、もしそうならこっちにも交渉させてもらえないかな……。まあ、華月に条件で敵うとは思えないけど、まだ少しでも迷う余地があるなら――」

「待っ……、聞いてください……！」

先走る廣岡を止めようと思わず大きな声が出てしまい、ちょうど事務所に入ろうとしていた浅田がビクッと肩を揺らした。

浅田は芽衣たちの姿を確認すると、なんだか含みのある笑みを浮かべ、事務所を後にする。

おかしな誤解を与えてしまった気がして焦りを覚えたけれど、今の芽衣は、そんなことに構っている場合ではなかった。

「華月から打診されたなんてことはありません……。戻るというのは、そういうことではなく……」

慌てて誤解を解くと、廣岡はやや落ち着きを取り戻し、ほっと息をつく。しかし。

「ごめん、早とちりした。でも、だったら、伊勢にはどうして……？」

「それは……、まだ決まってないというか、聞いてないというか」

「……は？」

芽衣の答えに、ふたたび顔を引き攣《つ》らせた。

ただ、それはある意味当然の反応だった。

もちろん、たとえ事実でなくとも、それらしい無難な理由を用意することもできたし、波風を立てないためにはそれが一番だとわかっていた。

けれど、まさに今のようなややこしい展開になったとしても、芽衣は廣岡に対して適当な誤魔化しをする気にはなれなかった。

浅田から聞いた恋愛云々の話が事実だとしても、真面目な廣岡が芽衣をいちスタッフとして評価してくれた気持ちに嘘はないと思っていたし、頼りになる上司だったことにも違いはない。

それに、そもそも廣岡が有給を取るよう勧めてくれたからこそ、なんの躊躇いもなく竜神を巡る旅に出ることができた。

そんな廣岡にはできるだけ誠実でいたいと、そして、芽衣にはこれから迎える重要な節目を、嘘ではじめたくないという思いがあった。

しかし、実際に芽衣が先のことをなにも知らない以上、ありのまま説明するのもまた難しい。

現に、廣岡はいかにも訝しげといった表情を浮かべていた。

「決まってないって、どういうこと……？」

「それが、行ってからじゃないと、なにもわからないというか……」

「わからない……？　あの、それって大丈夫なのかな……。余計なお世話かもしれないけど、自暴自棄になってたりしないよね……？」

「ち、違います……！　そうじゃなくて」

「そうじゃなくて？」

「じ、実は」

「……実は？」

「……ついて行きたい人が、いまして」

廣岡が浮かべた表情を見て、芽衣の心にたちまち罪悪感が広がった。

浅田から聞いた話をすべて鵜呑みにしていたわけではなかったけれど、まるで魂が抜けたかのような廣岡の様子を目にしてしまえば、もはや疑う余地はなかった。

「そん……え？」

もっと配慮のある言い方を選ぶべきだったと後悔しても遅く、廣岡は背もたれに力なく体を預ける。

「そ、そっか……。ついて……って、つまりそういう相手ってこと、だよね……」

「えっと……、はい。ここ数日で、いろいろと急展開がありまして。それで、とりあえず伊勢に行くことだけは決まっているんですが、その先のことはまだなにも教えてもらえず……」

「教えてもらえずって……、ていうか、谷原さんはそんなことでいいの？」

「そんなこと、と言いますと……？」

「ちょっと呑気すぎない……？　なにも知らされずにとにかく伊勢に行くなんて、普通は不安になるでしょ？」

「ああ、それは――」

廣岡の懸念の意味を理解すると同時に、確かに普通はそうかもしれないと芽衣は思う。

けれど。

「心配は、ないんです」

驚く程自然に、そう口にしていた。

改めて思い返してみれば、伊勢についてきてほしいと言われた瞬間から、そういう意味での心配はまったくなかった。

ヒトになったばかりの天が三十里歩いたとか、不審者扱いされたとか、聞いた話は危ういものばかりなのに、それでもなお。

芽衣の気持ちはまさに、「天さんと一緒なら、なんだっていい」という、自分で口にした言葉の通りだった。

「そっか。……よっぽど信頼してるんだね」

廣岡がぽつりとそう言い、芽衣は遠慮がちに頷く。

しかし、廣岡はすぐに上司の顔に戻り、穏やかに笑った。

「……わかった。本音を言えば引き止めたいけど、応援するよ。なんだかずいぶん顔色がよくなってるしね。ただ、契約社員の就業規定通り、あと一ヶ月は残ってもらいたいんだけど、いい？」

「もちろんです！　ご迷惑をおかけしてすみません」

「いや、……っていうか」

「はい？」

「その……、相手って、どんな人なの？」

「……え？」

考えるよりも先に、頬が一気に熱を上げた。

慌てて両手で顔を扇《あお》いだものの、想像もしなかった問いへの動揺もあいまって熱は一向に引かず、廣岡が苦笑いを浮かべる。

「ごめん、ただの興味本位だから全然答えなくてもいいんだけど、谷原さんってどんな人が好きなんだろうって、ちょっと気になったからさ……。まあ、どれだけ惚れ込んでるかは、その反応で十分わかったんだけど……」

なんだか居たたまれず、芽衣は深く俯いたまま、廣岡の問いへの答えを思い浮かべた。

ただ、この状況で、万が一にも惚気《のろけ》のようなニュアンスを出すわけにいかず、慎重に考え込む。そして。

「狐、みたいな人です」

ぽつりと零すと、廣岡が目を見開いた。

「狐？」

「はい」

芽衣としては、できるだけ追及し辛い、漠然とした答えを選んだつもりだった。

しかし。

「……そういえば、前にも狐が好きだって言ってたよね」

「え！　言い……ました、っけ」

「あれは、その人のことだったのかな」

「……」

完全に墓穴を掘ってしまったと、芽衣はふたたび俯く。

一方、廣岡はどこかスッキリした様子で、可笑しそうに笑った。

「幸せにね」

「……ありがとう、ございます」

芽衣は深々と頭を下げ、事務所を後にする。ずいぶん恥ずかしい思いをしたというのに、足取りはずいぶん軽い。

芽衣は、自分の人生がふたたび大きく動き出す手応えを噛み締めながら、改めて、一ヶ月後に思いを馳せた。

廣岡からはずいぶん心配されたけれど、あれから一晩経って少し冷静になった今もなお、とくに不安は感じていない。

むしろ、ずっと心の中に抑え込んでいた感情が解放され、景色がより鮮やかに見えた。

それから、一ヶ月。

ようやく伊勢に発つ日を迎え、芽衣は朝早くから父に連れられ母のお墓へ向かった。

長々と手を合わせ、ここ最近の怒涛の出来事を報告していると、背後で父の笑い声が響く。

「ずいぶん長話だね」

「報告があまりに多すぎて……、もうすぐ終わるから待って」

「いいよ、別に。喜ぶと思うし。……それに、また離れ離れだしね」

その無理やり寂しさを押し殺したような声色に、芽衣はふと目を開ける。

そして、母への報告を中断し、立ち上がった。

「どうした……？　ゆっくりでいいのに」

「ううん。もういいや。またすぐ来るし」

「え？」

「伊勢なんて、離れ離れのうちに入らないよ」

ふいに、父の瞳が揺れる。

「そう、……かなぁ」

「うん。だから、ときどき天さんに連れてきてもらおうかなって。……天さんは三十里くらい平気で歩くし」

「里……？　って、あの人歩いて来たの？　嘘だろ……、普通に電車に乗ったら伊勢からここまで二、三時間で着くのに……」

「そっか。だったら、もっと頻繁に帰れるね」

「歩きと比較する奴がどこにいるんだ」

父がやれやれといった様子で笑った瞬間、ふいに、二人を撫でるような優しい風が吹いた。

まるで母が笑っているようだと、芽衣は思う。

その心地に浸りながら、やはり一年前の選択は間違っていなかったと、芽衣は改めて実感した。

思わず頬が緩み、そんな芽衣を見て父は肩をすくめる。

「にしても、幸せそうだね」

「うん」

「それはなにより。……でも、本当に大丈夫？　伊勢に行ってからのことは全部彼に任せてるって言うけど、あの子なんかちょっと変わってそうだし、伊勢からここまで歩いたって話を聞いて、なおさら心配になってきたんだけど……」

「逞しくていいでしょ」

「またそんな、のん気な……。まあ、芽衣がいいって言うなら俺はいいけどね。それに、辛くなったら帰ってくればいいんだし」

伊勢に行くと伝えた日、父は心配しつつも深く追及することはなかった。

むしろ、今日と同じように「幸せそうだね」と言って喜んでくれた。

昔は父のことを深く知ろうともしなかったけれど、そうやって芽衣の思いを尊重してくれる父の姿を見ていると、きっと母にも同じようにしてきたのだろうと、改めて気付かされる。

現に父は、たとえ自分が悪者になろうと、母の意向を忠実に守り続けた。

そして、その事実を知った瞬間から、芽衣の中での父に対する印象は大きく変わった。

「――ただ、あまりに要領が悪いっていうか……」

「は？　なんの話……？」

「……ごめん、こっちの話。っていうか、私は大丈夫だよ。絶対辛くなんてならないから」

「いやいや、父親としてはそこまで想定しとかないと。……芽衣はお母さんとよく似てるぶん、男を見る目に関しては疑わしいからね」

「だから、それをお父さんが言うのはおかしいんだって」

「いいんだ、自分を俯瞰《ふかん》で見た結果だから」

「なに、それ」

芽衣が呆れて笑うと、父の笑い声が重なる。そして。

「じゃあ、行こうか。彼が待ちくたびれてるよ」

父はそう言って母のお墓をそっと撫で、霊園の出口へと向かった。

その、昔よりも少し華奢《きゃしゃ》になった背中を見ながら、──またすぐに会えるよと、心の中で声をかける。

なぜなら、ヒトはたった百年で死ぬ。

だからこそ、別れの後に何百年も取り残されることはない。

そう思うと、天に言わせれば短すぎるヒトの寿命も、そう悪くないような気がした。

「……お父さん」

「うん？」

「お母さんは、見る目があると思うよ」

「……なに、急に」

「だって私の母だもの」

「……」

「間違えるはずない」

黙ってしまった父のかすかに震える肩をわざと小突くと、父はまるで子供のように顔を背けた。

その様子がなんだか可笑しくて、芽衣はふたたび笑う。

そして、最後に一度だけ母のお墓を振り返り、母に向けて小さく手を振った。

＊

伊勢に向かう電車の中、和服姿の天は異様に目立っていた。

柄はやおよろずにいた頃と比べてずいぶん大人しめだが、明らかに着慣れている雰囲気が余計に目を引くのだろう。

芽衣もまた、ここ一ヶ月は禰宜の装いばかりを目にしていたぶん、久しぶりの天らしい姿に懐かしさを覚えていた。

「おい、なにをさっきからじっと見てる」

「え……！　あ、いえ……、というか、電車、初めてですよね？　ずっと黙ってますけど、気持ち悪くなったりしてませんか?」

つい見惚れてしまっていたことを慌てて誤魔化すと、天は首を横に振り、窓の外に視線を向ける。

「いや、この速度でそれはないだろ。ヒトは百年しか寿命がない癖に、ずいぶんのんびり移動するんだな」

「自分は歩いた癖に、なに言ってるんですか……。私たちにとっては十分速いですから。狐のときの天さんと比べれば、そりゃ遅いでしょうけど」

「まあな。ただ、別に悪くはない。こうして勝手に景色が流れるのは、むしろ面白い」

「天さん……」

ここ一ヶ月で意外だったのは、天が思ったよりもヒトの世に馴染んでいること。

さぞかし苦労するだろうと案じていたけれど、最近の天は、むしろ楽しんでいるように見えた。

こうして電車に乗る姿も、少し前までは想像すらできなかったのに、まったく違和感がない。

もちろんそれに越したことはないが、芽衣としては、そのあまりにスムーズな溶け込み方が少し奇妙でもあった。

「……なんだか、変な感じ」

口に出してしまっていたことに気付いたのは、天の視線が芽衣に向けられた瞬間のこと。

ただ、説明するのは難しく、芽衣は必死に頭の中から言葉を探した。

「えっと……、なんていうか、天さんがあまりに自然だからか、ときどき、ずっと昔からヒトの世で天さんと一緒に過ごしてきたみたいな錯覚を起こすんですよね……。そんなわけ、ないのに」

声に出すと、余計におかしいことを言ってるように感じられた。いっそ笑って流してもらおうと、芽衣は咄嗟に苦笑いを浮かべる。

「おかしいですよね。……なに言ってんだろ」

しかし天は笑うことなく、むしろさも当たり前のように頷いた。

「それは、そうだろうな」

「……え？」

「俺の存在も〝調整〟されてるはずだ」

「調整……」

それを聞いて思い出すのは、神の世とヒトの世を何度か往復する中で、芽衣が経験した不思議な現象。

芽衣が神の世に滞在していた期間、本来ならば行方不明となっているはずだが、実際は関係するすべてのヒトの中に芽衣と過ごした偽の記憶が作られていた。

しかも、それは他人だけではなく、芽衣本人の頭の中にも同じように作られるため、噛み合わずに混乱するようなこともなかった。

神の世では、それを俗に調整と呼ぶらしい。

「じゃあ、天さんは世の中的に、ヒトの世で生まれたってことになってるんですか……？」

「そうなる。わざわざ確認していないが、俺がずっと存在していた記録もすべて揃《そろ》っているはずだ。……ヒトになるってことは、そういうことだろ。ただ強引に移動しただけでは、この複雑化したヒトの社会で生きていけないからな」

「記録って、たとえば戸籍とかですよね……？　すごい、思ったよりずっと考えられてる……」

「お前も経験しただろ」

「私は数年間の穴埋めをしてもらっただけですし……」

「同じだ。ともかく、今の俺はお前とそう変わらない」

変わらないと聞いた途端、天の存在がより身近に感じられ、自然と笑みが零れた。

芽衣にとって、天がヒトになったという事実は、何度実感しても嬉しい。

「なにを笑ってる」

「い、いえ。天さんがちゃんとヒトの世に受け入れられてるんだなって思うと、つい」

素直な感想が零れ、天は少し照れ臭そうに窓の外に視線を向けた。

薄々感じていたけれど、ヒトになった天はほんの少しだけ幼く、口には出せないがなんだか可愛い。

芽衣は気を抜いたら緩んでしまいそうな表情を無理やり繕い、流れる景色に視線を向けた。


伊勢に着いたのは、昼過ぎ。

天は因幡が入ったケージを抱え、早速移動をはじめた。

向かったのは内宮の方面だったけれど、天は正面鳥居をあっさりと通り過ぎ、ひたすら先へと進んでいく。

そのいっさい迷いのない様子から察するに、一応目的地はあるらしい。

ただ、内宮を過ぎた頃から景色はみるみる閑散としはじめ、やがて周囲がすっかり山に囲まれると、相変わらずなにも聞かされていない芽衣は、次第に不安を感じはじめていた。

「あの……、大丈夫ですか……？」

天が山で迷うなんてさすがに考えていないが、行き先の見当がまったくつかず、芽衣は天の袖を引く。

しかし、芽衣の心配を他所に、天は平然と頷いた。

「問題ない」

「そう、ですか……。というか、そろそろ行き先くらい教えてもらえません……？」

「もうすぐわかる」

「……」

結局なにもわからないまま、芽衣は黙って天の後に続く。

すると、それからさらに十分程度歩いた頃、天はようやく立ち止まり、因幡のケージを地面に下ろした。

「着いたんですか？」

期待を込めて尋ねたものの、天は首を横に振る。

「いや、……ひと気もなくなったし、そろそろ因幡を出して自分で歩かせる」

「なんだ……。ってか、すっかり山の中ですね。……なんだかこの辺り、やおよろずから見える風景と似てるかも」

「まあ、近いからな」

「そうです、よね……」

ほんの一瞬、――天はやおよろずに向かっているのではないかという予想が頭を過り、芽衣は慌ててそれを否定した。

なぜなら、芽衣たちがやおよろずを目にすることは、もう永遠にない。

考えはじめた途端に、心がチクリと痛む。

芽衣はそれを無理やり抑え込んで、ケージを開ける天の横に座った。

「因幡、出しちゃって大丈夫ですか？　逃げません？」

「逃げたら逃げたで別にいい。食費が浮く」

「またそんな……」

芽衣は苦笑いを浮かべ、開いた戸からケージを覗き込む。

すると、因幡はヒクヒクと鼻を動かしながら、怠そうな動きでケージから体を出した。

「因幡、ごめんね。狭かったでしょ」

すっかりボサボサになった背中を撫でると、因幡は返事代わりにふわっと大きな欠伸《あくび》をする。しかし。

そののんびりした様子から一転、──因幡はいきなり走り出したかと思うと、あっという間に山の中へと続く細い脇道へと消えて行った。

「う、嘘、待っ……！」

突然のことに驚き、芽衣は咄嗟にその後を追う。

しかし、因幡はこれまでに見せたことがないくらいのスピードで走り、一瞬で森の奥へと消えて行った。

「駄目だって……！　迷子になるから……！」

叫んだものの、もはや姿は見えず、足音すら聞こえてこない。

まさか本気で逃げてしまったのではと、芽衣は焦りを覚える。ただ、それと同時に、この脇道の様子に小さな違和感を覚えていた。

というのも、芽衣が進んでいるこの脇道は、なんだか足元が踏み固められ、草も綺麗に刈られている。

すでに町からはずいぶん離れているのに、まるで日常的に使われている道であるかのように。

「この奥に、誰か住んでるのかな……」

芽衣は一度立ち止まり、周囲をぐるりと見渡す。

ただ、この道以外はどう見ても手付かずの山で、人が住むにはさすがに険しすぎるように思えた。

不思議に思いながらも、芽衣はふたたび足を進める。――すると。

視線の先に突如細い石段が現れ、上を見上げると、木々に隠れるようにして建つ大きな鳥居が目に入った。

「鳥居……？」

強い既視感を覚え、芽衣は目を見開く。

石段に足をかけたのは、半分無意識だった。芽衣はなにかに誘われるかのように、三十段程の石段をゆっくりと上る。

なんだか妙な予感めいたものを覚え、心臓が、ドクドクと激しく鼓動を鳴らしていた。

やがて半分程上り終えると、鳥居の奥に建つ建物の屋根が視界に入る。

その独特な佇まいを見た瞬間、――芽衣は自然に駆け出していた。

「嘘でしょ……」

階段を一気に上りきるやいなや、思わず零れるひとり言。

芽衣の目の前にあったのは、どこからどう見ても、やおよろずだった。

頭の中は真っ白で、芽衣は呆然とその光景を見つめる。

真っ先に頭を過ったのは、また神の世に迷い込んでしまったのではないかという推測だった。

しかし、少しずつ冷静になるにつれ、芽衣はその考えを撤回する。

なぜなら、その建物とやおよろずには、二つの明確な違いがあったからだ。

まず一つめは、建物の新しさ。

見た目はやおよろずと瓜《うり》二つだが、それは明らかに築年数が浅い。離れたところにいても、新しい木材の香りが漂ってくる程に。

さらに二つ目はもっとも顕著で、周囲があまりに静かすぎること。

芽衣が暮らしたやおよろずには、神々はもちろん、妖や化身や迷える魂など、常にたくさんの気配が漂っていた。

一年経って感覚が鈍っていたとしても、あの独特な空気感は忘れようがない。

ただ、だとすればこの建物がいったいなんなのか、芽衣にはまったく想像もつかなかった。

気になりながらも鳥居を潜る勇気が出ず、芽衣はしばらくその場に立ち尽くす。

すると、そのとき。

ふいに玄関が薄く開き、奥から着物姿の女性が顔を出した。

女性は芽衣を見ると、わずかに目を細める。

その瞬間、芽衣は途端に我に返った。この建物の謎はともかく、住人からすれば芽衣はさぞかし不審に映るだろうと。

「す、すみません……。迷い込んじゃって、その……」

慌てて言い訳を口にすると、女性は鳥居から玄関まで敷かれた石畳を音もなく進み、鳥居越しに芽衣の前に立った。

女性は近くで見ると驚く程に美しく、大きな目とその上で切り揃えられた前髪が印象的で、芽衣はついその姿に見惚れる。――すると。

「おかえり」

女性が突如、そう口にした。

心臓が、ドクンと揺れる。

この女性から〝おかえり〟と言われる心当たりなんて、芽衣にはない。――けれど、なぜだか、心が勝手に懐かしさを覚えていた。

「——ただ……いま……」

脳と心が別々になってしまったかのような奇妙な感覚の中、口から勝手に返事が零れる。

同時に、女性が瞳を揺らした。

美しい瞳がたちまち濡れたような輝きを放ち、まっすぐに芽衣を捉える。

その瞬間、——この表情を知っていると、芽衣は思っていた。この一見わかり辛い不器用な感情表現を、過去に何度見てきただろうと。

まさかと思いながらも、芽衣の頭にはっきりと浮かんでいたのは、忘れるはずのない大切な存在。

まだ確かめてもいないのに、心はすでに高揚しはじめていた。

「燦……ちゃん……？」

その名を呼ぶと、女性の表情にわずかに喜びの色が滲む。

芽衣が確信を持つのと、女性が、——燦が、思い切り抱きついてきたのは、同時だった。

「わっ……、危な……」

「芽衣、遅い」

「ほ、本当に燦ちゃん、なの……？」

「待ってたのに」

「なん……、ねえ、どういう……」

すっかり混乱し、聞きたいことも数えきれないくらいあるのに、燦の懐かしい体温がそれらを曖昧にしていく。

芽衣はその華奢な体を強く抱きしめ返した。

すると、そのとき。

「――そんなに失ってないって言ったろ」

ふいに背後から声が響き、見上げると、意味深に笑う天と目が合う。

「確かに言ってました、けど……、私には、なにがなんだか……。ここって、ヒトの世ですよね……？」

「ああ」

「どうして、燦ちゃんが……」

「牛玉だ。燦たっての希望で」

「だけど、牛玉の願いは天さんが……」

「牛玉に願いをかけたのは俺じゃない。俺ら・だ」

「そんっ……、だったら先に言っ……」

「説明は要らないって言ったろう」

「だからって……！」

まだまだ苦情を言い足りないのに、途端に込み上げた涙で喉が詰まった。

すると、燦がわずかに体を離し、芽衣の髪をそっと撫でる。

「芽衣。聞いてなかったなんて知らなくて、驚かせてごめんね」

「燦、ちゃん……」

「でも、すっかり姿が変わったのに、気付いてくれて嬉しかった」

そう言われて改めてその姿を見ると、燦は確かに、以前よりもずいぶん成長していた。面影はあるものの、一年会ってないというだけではとても説明がつかないくらいに。

「なんだか、すっかり大人の女性に……」

今さらながらよく気付けたものだと思いながら、芽衣は燦を見つめる。

すると、燦は少し照れ臭そうに笑った。

「わからないけど、ヒトの寿命に合わせて見た目も調整されたんだと思う。私、芽衣が思ってるよりもずっと長く生きてるし」

「と、年上……。私より長く生きてることはわかってたつもりだったけど……」

「私は芽衣を年上だと思ったことはなかったけど、あの頃は妹みたいに守ってくれて嬉しかった。ありがとう」

「……」

確かに、芽衣には燦を幼い子のように扱っていた自覚がある。

しかし、こうしてすっかり大人の姿で目の前に立たれると、無性に恥ずかしさと申し訳なさが込み上げてきた。

「な、なんか……、ごめん」

「どうして謝るの。それより、早く中に行こう。因幡を放っておくと、厨房を荒らされちゃうから」

「中……？　っていうか、ここって……」

「早く」

燦の言葉で、芽衣はさらに大きな疑問を思い出す。

それは言うまでもなく、目の前にある建物のこと。

外観は、何度見てもやおよろずにそっくりだった。

燦に手を引かれるまま玄関を上がると、中もまた芽衣の記憶とまったく同じで、途端に胸が締め付けられる。

「やっぱり、やおよろずだ……」

無意識に呟くと、燦が小さく笑った。しかし。

「正確には違う。ここは、やおよろず別館だ」

そう口にしたのは、後ろを歩いていた天。

「別館……？」

振り返ると、天がこくりと頷いた。

「ここは本館と同じ場所にあるが、まったく別の建物だ。——商売相手は神ではなく、ヒトだからな」

「ヒト……？　それって、つまり……」

「ここで、旅館をやる。俺らがヒトの世で商いをするとすれば、それ以外にないだろう」

理解が及ぶと同時に、たちまち瞼《まぶた》の奥が熱を持つ。

ヒトの世に帰ってからも燦や天とやおよろずで働けるなんて、芽衣にとってこれ以上の幸せはなかった。

「すごい……、夢みたいです……」

その言葉の通り、こんな夢を何度見てきただろうと芽衣は思う。

すると、すっかり舞い上がった芽衣に、天が小さく笑った。

「それはなによりだが、問題も山積みだから覚悟しといてくれ。俺はヒトを相手に商売なんてしたことがないし、そもそもヒトの扱いすらよくわからん。つまり、やおよろず別館の命運はお前にかかっていると言っても過言じゃない」

「わ、私に……？」

「ああ」

いきなり重大な責任がのしかかり、芽衣は一抹の不安を覚える。

ただ、それを加味してもなお、喜びの方がずっと優っていた。

「大丈夫、です……。やおよろずなら、私は即戦力だもの」

「大きく出たな」

「……ただ、一応聞いておきますけど、前みたいに部屋数を無限に増やしたりはできないんですよね？」

「当たり前だろ。ただ、部屋数はあらかじめ最大限で設計してる」

「最大限……」

満室になったときの忙しさを想像すると眩暈がしたけれど、今の芽衣にとってはそれすら気持ちを高揚させた。

やがて厨房に着くと、まず目に入ったのは懐かしいカウンター。そして、奥の厨房には真新しい設備がずらりと並んでいた。

さすがに氷室やかまどはないようだが、見た目や雰囲気は前とほとんど変わっていない。

そして、大きな冷蔵庫の前には、扉を開け放ったまま食材をむさぼる因幡の姿があった。

「ちょっと、因幡」

燦が慌てて駆け寄り、冷蔵庫を閉める。

その、かつてはうんざりする程繰り返していたなんでもない日常風景を見た途端、

——芽衣の中で急激に、やおよろずに戻ってきたのだという実感が湧いた。

たちまち胸がいっぱいになり、堪える間もなく涙が溢れる。

そんな芽衣を見て、燦が穏やかに目を細めた。

「因幡の扱いは、芽衣が一番上手だったね」

「そう……、かな……」

「うん。私、芽衣が因幡を追いかけるところをもう一度見たいって、いつも考えてい

たの。……芽衣がいなくなってから、毎日。やおよろずで芽衣と働いた日々が、なにより楽しかったから」

「燦ちゃん……」

「だから、会いにきた。たとえなにもかも失ってしまったとしても、どうしてもあの日々を取り戻したくて。——天さんなら、無理やりでもなんとかするんじゃないかと思ったから、信じてついてきたの」

「そんなふうに、思ってくれてたの……？」

「そうだよ。ずっと芽衣に会いたかった」

その言葉で、必死に寂しさを押し込めたこれまでの日々が、一気に報われたような気持ちになった。

燦はふたたび芽衣の傍へ来ると、芽衣の頬の涙をそっと拭う。

「芽衣、泣かないで。まだ驚くことがいっぱいあるから」

「まだ、あるの……？」

「うん。天さんと一緒にやおよろずの中を見ておいで」

そう言われて天を見上げると、天は頷き、早速芽衣の手を取って厨房の出入口へ向かった。

しかし、廊下に出るやいなや、ほんの一瞬怪訝な表情を浮かべる。

まるで妖の気配でも察したかのようなその反応に、芽衣はたちまち緊張を覚えた。

「あの……、どうかしました……？」

しかし、天はすぐに表情を戻すと小さく肩をすくめ、なんの説明もくれずに玄関の方向へと足を進める。

不安が拭えないまま、芽衣は天の後に続いた。

しかし、そんな不安も、天に連れられて庭に出た瞬間にすべて吹き飛んでしまった。

「凄い……、ほとんど一緒……！」

驚いたのは、その再現度。

目の前に広がった庭園は、立派な松や苔《こけ》むした岩や地面に敷かれた玉砂利にいたるまで、かつてのやおよろずとほとんど同じだった。

芽衣はその懐かしい風景に思わず見惚れる。

しかし、天は足を止めることなく、さらに庭の奥へと向かった。

「お前に見せたいのは、これじゃない」

「え……？」

「お前がうちの庭で一番気に入ってた場所があるだろ」

「気に入っ……て、まさか……」

気に入っていた場所と言われると、芽衣には明確に思い当たる場所がある。

ドキドキしながら足を進めると、天は通用口から庭園を抜け、厨房の裏手からさらに敷地の端へ向かって進んだ。

やがて、芽衣の目の前に現れたのは、忘れもしない光景。

それは、かつての芽衣がとても大切にしていた、小さな畑だった。

「これって……」

「必要だろ」

「私の畑まで作ってくれたんですか……？」

「当然だ。お前は暇さえあればここにいただろう」

確かに、当時の芽衣は夢中で畑の世話をしていたと、思い返してつい笑みが零れる。

またここであの頃のように野菜が収穫できるのだと想像すると嬉しく、そしてそれ以上に、芽衣の大切な場所だからと同じように用意してくれた天の計らいに、心が温かくなった。

畑の傍にしゃがむと、天も横に並ぶ。

丁寧に作られた畝《うね》にはすでに小さな野菜の苗が植えられていて、まるで一年前に時間が戻ったかのような錯覚を覚えた。

「本当に、前と同じような日々が送れるんですね……」

「ああ」

「夢みたい……」

「……二度目だな、それ」

「何回言っても、足りないんです」

芽衣はまさに夢見心地で、しばらく自分の小さな畑を眺める。

さらに、畑の周囲には、前と同じ水路まであった。

「水路も、前と同じですね。以前のやおよろずでは、確か道臣命《みちおみのみこと》様が引いてくださったんですよね。こっちは、天さんが作ってくれたんですか？」

「いや、水路は最初からあった」

「え？　あった……？」

「神が作ったものは、時折ヒトの世にそのまま反映される。まあ、見つけたときはただの細い川だったが、水路に整備した」

「そんなこと、ありえるんですか……？」

「ああ。あっちとこっちは、お前が思う以上に繋がってるんだよ」

驚く一方、天の言葉に妙に納得している自分がいた。

こういう小さな神様の気配こそが、ヒトの世で伝説として語られる元になるのだろうと。

「なんか、凄いですね……。神様が出てくる昔話って、全部空想だと思い込んでたけど、意外と事実に基づいてたりするのかも……」

しみじみ感心する芽衣を見て、天は笑う。

「今更だろ。……勝手に距離を置いてるのは、いつもヒトの方だ」

「そう、かも……」

「それより、そろそろ行くぞ。まだまだ見せてないところがある」

「あ、はい……！」

そう言われ、芽衣は勢いよく立ち上がった。――瞬間、なんだか記憶にある香りが鼻をかすめ、視線を泳がせる。

「あれ……？　なんか今、いい香りが……」

「気のせいだろう。行くぞ」

「え？　……いや、そんなはずは」

「いいから」

芽衣の手を引く天の仕草は、少し強引だった。

チラリと横顔を見上げると、天はさっき厨房の前で見せたような怪訝な表情を浮かべていて、芽衣は首をかしげる。

もはや、なにかを隠していることは明確だった。

けれど、天が触れられたくないのならわざわざ問い詰めることもないと、芽衣は黙って後に続く。

すると、天はもう一度庭を通って玄関に戻り、それから二階へ向かった。

階段を上ると、長い廊下に客室が並ぶ馴染み深い光景が広がり、芽衣は思わず溜め息をつく。

「懐かしい……。部屋の名前や位置も、前と同じですか？」

「当然だろ。それぞれの部屋の造りも、柱の装飾も同じだ」

「すごい徹底ぶり。っていうか、天さんはもう術が使えないんですよね……？　こんな複雑な建物、どうやって……」

唐突に浮かんできたのは、そもそもの疑問。

以前のやおよろずは天の術によって建てられたものであり、だからこそ、どんな複雑な造りだろうが天次第で叶えることができたけれど、ヒトの世ではそういうわけにはいかない。

すると。

「どうやってもなにも、大工に頼んだに決まってるだろ」

天は平然とそう言い放った。

確かにそれ以外に方法はないが、ヒトの手で建てられたと聞き、芽衣は改めて驚く。

「す、すごい……。かなり特殊な建物だし、細部までってなると相当面倒そうですけど、請けてくれる工務店があるんですね……。しかも、こんなに山奥なのに……」

「まあ、相手はかなり頑固で散々言い争ったが、結果、要望以上のものが出来上がった。ヒトの技術もなかなかだな。さすが、伊勢神宮の式年遷宮《しきねんせんぐう》に携わっただけある」

「式年遷宮……！　ってことは、宮大工《みやだいく》さんが、ここを……？」

「ああ。天照大御神に訪ねてみろと言われた宮大工だ」

「う、嘘……、天照大御神様が……！」

天の口から次々と衝撃のワードが出てきて、芽衣は愕然《がくぜん》とした。

そんな芽衣を見て、天が堪えられないとばかりに笑う。

「そういえば、俺がヒトになると決めてから、天照大御神やら蘇民将来やら、周囲はやたら協力的だった。お陰でずいぶん楽に進んだが」

「そ、そんな軽い感じで言わないでください……！」

「一応言っておくが、俺が無茶を言ったわけじゃない。なにもかも、向こうからの申し出だ。……天照大御神は、お前の身をずっと案じていたからな」

「そんな、ことが……」

天の失礼な物言いは気になるものの、その報告は素直に嬉しかった。芽衣がヒトの世に帰ってもなお気にかけてくれていたなんて、あまりに懐が深すぎると。

ただ、喜びに浸りたい気持ちは山々だったけれど、芽衣には宮大工に頼んだと聞いた瞬間から気になって仕方がないことがあった。

「あの……、ちなみになんですが、こんな特殊な建物を、しかも宮大工さんにお願いしたとなると、その……」

「……なんだ」

「いや、すごい金額になったんじゃないかと……。だ、大丈夫なのかな……って……」

それは、ヒトの世での天の金銭感覚。

下手すれば、とんでもない借金を抱えてしまった可能性も十分に考えられた。

もちろん、天が八坂神社で見せてくれた金の塊のことは覚えているし、それの価値がいかに高いかも、芽衣はよくわかっている。

とはいえ、やおよろずを建てるとなると、あれがいくつかあったところで到底賄《まかな》えないくらいの出費になることは明らかだった。

天は不安げに瞳を揺らす芽衣を見て、少し考え込む。そして。

「それは、――いや、見た方が早いな」

そう言って、二階の客室の間にある隠し扉を開けた。

扉の奥にあったのは、天の部屋へと続く階段。その造りもまた前のやおよろずとまったく同じで、芽衣の頭の中で金額がみるみる跳ね上がっていく。

「す、すごい……。隠し扉と階段まで……」

「ああ。そういえば、大工にこの図面を見せた瞬間は、ずいぶん激昂《げっこう》していたな。無茶を言うなと」

「……で、でしょうね」

「できないなら構わないと言ったが、結果はこれだ。……もはや職人の意地だな」

「よくないですよ……、そういうの……」

天は相変わらず軽く笑いながら、三階へ上ると正面の扉を開けた。――瞬間、異様な光景が広がり、芽衣は言葉を失う。

芽衣が目にしたのは、見覚えのある廊下と、その脇にずらりと並ぶ大小様々な置き物たち。

奇妙な置き物なら以前の天の部屋にもたくさんあったけれど、今並んでいるのはそれらとは違い、すべて黄金色だった。

「こ、これって……。メッキじゃないんですよね……？」

「そんなわけないだろ。ちなみに、これは入りきらなかったやつだ。奥の部屋に行けばもっとある」

「……」

あまりに日常とかけ離れた光景に、芽衣は絶句する。

そして、動揺が覚めやらないまま奥の部屋へ入ると、まさに天が口にしていた通りに、廊下とは比較にならない数の金の置き物で埋め尽くされていた。

「なっ……、こ、……」

もはや、まともに言葉が出てこなかった。

すると、天がその中のひとつを手に取り、芽衣の目の前まで持ち上げてみせる。

「これは、見覚えがあるだろう」

「み、見覚え……？」

見れば、天が手にしていたのは象を象《かたど》った置き物。

確かにそれは、以前の天の部屋で見覚えのあるものだった。

同時に頭を過ったのは、あのとき天が口にした「茶枳尼天が勝手に持ってきて置いていった」という説明。

「こ、これって確か……、茶枳尼天様のコレクションでは……」

「よく覚えてるな。ちなみに、この象以外も全部茶枳尼天のコレクションで、言うまでもないがすべて純金だ」

「す、すべて……。って、まさか、勝手に持って来たなんてことは……」

「馬鹿言うな、因幡じゃあるまいし。餞別で貰ったんだよ」

「貰っ……」

「前に、まだまだあるって言っただろう」

「き、聞きました、けど……！」

確かに聞いてはいたが、この量は、餞別と聞いて想像できる範疇《はんちゅう》をはるかに超えていた。

久しぶりに茶枳尼天の豪気さを垣間見て、芽衣はクラッと眩暈を覚える。

ただ、その一方で、これだけの餞別を渡した茶枳尼天の気持ちを想像すると、胸に込み上げるものがあった。

「さすがに驚きましたけど……、荼枳尼天様にとっては、息子の門出ってことなのかな……」

「ただ、金銭感覚が死んでるだけだと思うが」

「あの……、もしかして、照れてます……？」

「阿呆か。……ともかく、これだけあればしばらくは困らないだろ」

「困らないどころか、もう数軒建ててもお釣りが出ます……」

「なら、お前の心配は解消されたな」

肩をすくめる天を見て、どうやら芽衣の不安はすべて見透かされていたらしいと察する。

ヒトの世で暮らすのなら自分がしっかりしなければと、知らず知らずのうちに気負っていた気持ちが一気に緩んだ。

「やっぱりこれ、夢なんじゃ……」

思わず零れた三度目の呟きを、天が小さく笑う。そして。

「芽衣」

ふいに名を呼ばれて我に返ると、天はテーブルの上に置かれていた、大きな包みを指差した。

「なんですか……？」

「必要だろ、やおよろずに帰ってきたなら」

「え……？」

「いいから」

開けるよう視線で促され、芽衣は包みの結び目をほどく。——その瞬間、紺地に細い縦縞の、馴染み深い柄が目に入った。

「これって、やおよろずの着物……」

広げるまでもなくすぐに閃《ひらめ》き、たちまち気持ちが高揚する。

早速服の上から羽織ってみると、天は穏やかに目を細めた。

「……懐かしいな」

その、無意識に零れてしまったかのような言い方に、胸がぎゅっと震える。

「これ、すぐに着たいです……。もう着替えちゃっていいですか……？」

はやる気持ちを抑えられずにそう言うと、天もまた、どこか嬉しそうに頷いた。

「ああ」

「けど、どこで……」

「どこもなにも、ここはお前の部屋だろ」

「え、私の、っていうか……」

「部屋の外にいるから着替えたら来い」

そう言って去っていく天の後ろ姿を、芽衣は呆然と見つめる。

確かに芽衣は以前もここで寝泊まりをしていたが、キッカケは自分の部屋が蝦蟇《がま》の油で駄目になってしまったことであり、どちらかと言えば居候という感覚だった。

しかし、天の口ぶりから察するに、今後はここが正式に芽衣の部屋になるらしい。

「な、なんかもう……、それって……」

夫婦のようだ、と。頭を過った言葉に、頬が熱を上げた。

思えば、神の世にいた頃は、たとえ気持ちが通じ合っていたとしても、心のどこかで天と自分とは存在そのものが違うのだという思いがあった。

心の奥の方では、いつか来る終わりを覚悟しながら過ごしていたように思う。

しかし、ヒトになった天と芽衣の間には、もうなんの障害もない。

もはや今さらだが、改めてそれを認識すると同時に、当時はどんなに一緒にいても拭いきれなかった寂しさが、すべて払拭されたような感触を覚えた。

「一緒にいても許されるなんて、すごいな……」

芽衣は、それが当たり前のようで当たり前じゃないということを、身をもって知っている。

込み上げる喜びを噛み締めながらやおよろずの着物に袖を通すと、懐かしい心地に自然と背筋が伸びた。

「――やっぱりそれが一番落ち着くな」

着替えを終えて部屋を出た芽衣に、天は開口一番そう言った。

「私もそう思います」

芽衣が同意すると、天は芽衣の首から下がった荼枳尼天の鈴を指差す。

「こいつは、ここでいいのか」

その質問はおそらく、以前と同じように帯紐に結ばなくていいのかという意味だろう。

芽衣は鈴を揺らしながらはっきりと頷いた。

「はい。ヒトの世だとずっとこの格好ってわけにもいかないでしょうし、こっちの方が肌身離さず付けてられるかなって」

「だが、それを鳴らしたところで、俺にはもう聞こえない。……肌身離さず付けていても、意味がないだろ」

天はそう言って、わずかに眉根を寄せる。

もちろん、ヒトになった天に鈴の音が届かないことを、芽衣は十分理解していた。

それでも、芽衣はふたたび頷く。

「いいんです。そもそも、こっちは神の世より安全ですから。……ただ、これを付けてると、なんだか安心するんです。これのお陰で、天さんが何度も駆けつけてくれましたし、なんだかずっと守られてる気がして」

そう言うと、天はなにも言わずに瞳を揺らした。

照れて流されるか、さらりとあしらわれるかのどちらかだと予想していたのに、想定外の反応をされ、芽衣は思わず戸惑う。――そのとき。

ふいに頭を引き寄せられ、額に天の唇が触れた。

しかし、不意打ちに固まる芽衣を他所に天はあっさりと離れ、なにごともなかったかのように階段を下りていく。

「そ、そういうの、心臓に悪いんですが……」

「どっちが」

「どっち、って」

返された言葉の意味が、芽衣にはよくわからなかった。

しかし、天はそれ以上の説明をしてくれず、階段を下りると芽衣に向かって手を差し出す。

「気がしてじゃなくて、実際そうだろう。……これからは」

「え……？」

「ほら、次行くぞ」

わかりやすいくらいに苛立った声で急かしているのに、その表情は驚く程優しかった。

いまだ動揺を残しつつも手を取ると、天はそれを強く握り、隠し扉を開けて廊下に出る。

芽衣は、しっかり掴まれた手から伝わってくる、いつもより少し高い体温を感じながら、――確かに「気がする」ではないと、今さら理解していた。

その後、芽衣たちは二階の客室をひと通り回り、ふたたび一階に下りた。

まだ見ていないのは、厨房より奥の客室。

しかし、芽衣が厨房を通り過ぎようとした瞬間、天が不自然に立ち止まった。

「この奥は、また今度でいい」

「え？　だけど……」

「疲れただろう。開業予定もまだ先だし、焦ることはない」

「いいえ、全然疲れてなんて……」

「いいから」

天はそう言うが、一階には厨房や納戸もあるため、さほど部屋数はない。

わざわざ後回しにする程でもなく、芽衣は違和感を覚えた。

意図を測りかねて天を見つめると、天はわざとらしく目を逸らす。

その様子を見た瞬間、ふと、案内しながら天が二度見せた、怪訝な表情を思い出した。

「なにか、隠してますよね……？」

「……」

わざとらしい沈黙は、もはや肯定も同然だった。

芽衣は天と距離を詰め、逸らされた目を強引に覗き込む。

「天さん……？」

それでも、天は頑《かたく》なに口を閉ざしたまま、白状する気配はなかった。

しかしそのとき、ふいに厨房から燦が顔を出す。そして。

「天さん。どうせ、いつまでも隠せないよ」

やれやれといった様子で、天にそう伝えた。

すると、天は大袈裟に溜め息をつき、話についていけずにポカンとしている芽衣とようやく視線を合わせる。

「……わかってる」

まるで拗《す》ねているかのようなその言い方に、芽衣の謎は深まる一方だった。

「なにか、マズイことがあるんですか……？」

不安になって尋ねると、燦はかすかに笑みを浮かべ、首を横に振る。そして、天の背中を押した。

「ほら、芽衣が不安になるから早く」

「……」

天の様子は相変わらずだったけれど、それでも渋々ながらに頷き、ふたたび芽衣の手を引いて廊下の奥へと向かう。

芽衣にとっては一階の光景もずいぶん懐かしく、ゆっくり堪能したい気持ちもあったけれど、天は少し苛立った様子ですべての客室をあっさりと通り過ぎた。

「あの……、天さんが嫌なら無理には……」

なんだか不安を覚えてそう言うと、天はハッと我に返ったように立ち止まり、瞳を揺らす。

そして、感情を持て余すかのように、突如自分の頭を乱暴に掻《か》いた。

「いや、……悪い。そうじゃない」

「え……？」

「お前にとっては、むしろ喜ばしいことだ。……と、思う」

「あの……」

余計にわけがわからず、芽衣は首をかしげる。——すると、そのとき。

「——芽衣……！」

突如廊下の奥から響いた聞き覚えのある声に、ドクンと心臓が揺れた。

まさかと思いながら顔を向けると、たちまち人懐っこい視線に捉えられる。

その瞬間、頭が真っ白になった。

「う、嘘……」

そこに立っていたのは、シロ。

シロは呆然とする芽衣を他所に、嬉しそうに駆け寄ってきたかと思うと、飛びかからんばかりの勢いで芽衣に抱きつく。

「久しぶり！」

「シロ……？」

「会いたかったよ！」

「な……、ど、どういう……」

なにが起きているのかまったく理解ができなかったけれど、抱きしめられた瞬間にふわりと漂った香りには、覚えがあった。

それは、畑を案内してもらったときのこと。戻る間際に同じ香りが鼻をかすめ、たちまち天は表情を変えた。

頭の中で、点と点が少しずつ繋がっていく。

「これ、温泉の香り……？」

思いついたまま呟くと、背中に回ったシロの両腕に、ぎゅっと力が込められた。

「そう！『草の縁《ゆかり》』はやおよろずに引っ越してきたの！」

「え、引っ……」

「ヒトの世で旅館をやるなら、温泉は絶対に必要だって頼み込まれたから！」

「ちょっと待って、混乱してるから一回落ち着かせ――」

「……嘘を言うな。頼み込んだのはお前だろ」

最後まで言い終えないうちに、天がそう言って芽衣をシロから引き剥がす。

芽衣の頭は、さらに混乱を極める一方だった。

「は？　なに言ってんの。ってかさ、芽衣を連れて戻ってくるなら連絡くらいしてくれてもよくない？　そしたらそれに合わせて花の湯の準備ができたのに！」

「阿呆か。芽衣がお前の湯に入るわけないだろ。お前がやおよろずに来ると決まった時点で、俺の部屋に湯を引いてる」

「て、天さん、待っ……」

「でもそっちは狭いじゃん！　芽衣は広い方がいいよね！　ねえ？」

「そういう問題じゃない。いいからお前は自分の仕事を――」

「――ちょっと……！　まず私に説明してください……！」

激化していく応酬にたまらず叫んだ瞬間、廊下がしんと静まり返った。

「ご、ごめん」

「悪い」

二人の言葉が重なり、芽衣はぐったりと脱力する。

けれど、ようやく少し落ち着きを取り戻すと同時に、改めて、目の前にシロがいることへの驚きが込み上げてきた。

信じられない気持ちでシロの手にそっと触れると、ほんのりと体温が伝わってくる。

「本物……」

無意識に呟くと、シロは可笑しそうに笑った。

「会えるって言ったじゃん」

「で、でも、どうやってここに……」

「強く願えば通じるんだね」

「いや……、そういうことじゃ……」

ニコニコと語るシロは可愛いが、答えは的を射ず、芽衣はチラリと天に視線を向ける。すると。

「……こいつも燦と同じだ。〝俺ら〟に含まれる」

さも面倒臭そうな表情を浮かべながらも、説明をしてくれた。

薄々そうではないかと思ってはいたけれど、つまり牛頭天王の牛玉は、三人分の狐たちの願いを叶えてくれたことになる。

ようやく納得がいくと同時に、じわじわと再会の喜びが込み上げてきた。

「ね、ねえ……、会えてすごく嬉しいんだけど……、シロまでヒトになっちゃって、本当によかったの……？」

尋ねると、シロは迷いもせずに頷く。

「そもそも僕が化身になったのは、芽衣と一緒にいたいって願ったからだよ。芽衣がいないなら、別に長生きする意味なんかないし」

「シロ……」

前と変わらないまっすぐな気持ちに、視界が滲んだ。

シロは嬉しそうに微笑み、芽衣をふたたび抱きしめる。

背後からすぐに天の苛立ちが伝わってきたけれど、今度は止める気配はない。

その様子から、牛玉の願いにシロを誘ったのは天の計らいなのだろうと、芽衣は密かに察していた。

一見仲が悪いように見え、天がなんだかんだでいつもシロを気にかけていることを、芽衣はよく知っている。

「……やおよろずの中に『草の縁』を作るなんて、名案ですね」

振り返ってそう言うと、天はやれやれといった様子で肩をすくめた。

「なにせ、こいつには金がないからな。ヒトの世に放り出したら、あっという間に飢え死にするだろ。牛玉の使い損はしたくない」

「ふふっ……」

素直じゃない言い方に、芽衣は思わず笑う。

すると、天は我慢の限界とばかりに芽衣を引き寄せた。

「おい、……いつまでも人のものに触るな」

「え、なにそれ、私物化……？」

「なにが悪い。お前は所詮おまけだろう」

「おまけって……！　ってか、さっきも言ったけど、温泉がない宿なんて流行《はや》らないんだから、僕は絶対必要でしょ……！」

「お前がいなくとも、温泉くらいどうにでもなる」

「そんなことない！　ヒトになってもまだ濡れるの嫌いなくせに！　野生児！」

「誰が――」

「ちょ、ちょっと……！　やめてってば……！」

ふたたび始まった言い合いに割って入ると、二人は子供のように顔を背ける。

「な、なんか、二人とも子供っぽくなってません……？」

「僕はともかく、この意地悪な狐がさ……」

「こいつは最初から幼稚だっただろ」

「は？　それはさすがに聞き捨てならな――」

「だから、やめてって言ってるのに……！」

何度も叫んだせいかついには目眩《めまい》を覚え、これはしばらく骨が折れそうだと、芽衣はぐったりと脱力した。

ただ、心の中には、この空気を懐かしく、そして嬉しく感じている自分がいる。

無意識に頬が緩み、天とシロが同時に首をかしげた。

「……怒ったり笑ったり忙しいな」

「芽衣、楽しい？」

口を開くタイミングまでが重なり、芽衣は堪えきれないとばかりに笑う。――そのとき、ふいに、足元にふわりと柔らかい感触を覚えた。

見れば因幡が芽衣の脚にぴたりと寄り添い、芽衣を見上げている。

「因幡……？」

抱え上げると、因幡は満足そうにフンと鼻を鳴らした。

それと同時に、廊下の奥から燦が顔を出す。

「因幡が呼びにきたでしょ」

「呼びに？」

「そう。もう準備ができたから、行こう」

燦がそう言った瞬間、因幡が突如耳をぴんと立て、芽衣から飛び降りドタドタと廊下の奥へ走り去っていった。

なにごとかとキョトンとしていると、ふいに天が芽衣の腕を引く。

「俺たちも行くか」

「行くって、どこに……？」

「お前の好きな場所だ」

そう言われても、やおよろずの中で芽衣の好きな場所は多く、すぐにはピンとこない。

しかし、天たちに連れられるまま廊下を戻って階段を上り、ふたたび天の部屋へ続く隠し扉を開けた途端、ふと懐かしい場所が思い当たった。

「もしかして、屋根の上……？」

尋ねると、前を歩く燦が振り返って微笑む。

正解だと確信するやいなや、屋根の上で過ごした数々の思い出が、頭の中で鮮やかに蘇ってきた。

思えば、当時の芽衣たちはたびたび屋根の上に集まり、月を眺めた。

芽衣は改めて、「お前の好きな場所だ」と説明をしてくれた天の言葉に納得する。

そして、皆に促されるまま天の部屋に入り、ベランダに架けられた梯子《はしご》で屋根に上った。

たちまち周囲に前と変わらない風景が広がり、芽衣は思わず息を呑む。

さらに、冠瓦《かんむりがわら》をまたぐように設置されたテーブルには、料理がずらりと並んでいた。

「……夢みたい」

もう何度口にしたかわからない感想を零すと、天は小さく笑い、芽衣を一番高い場所まで誘導する。

まだ空は明るく月は見えないけれど、高い場所から見下ろす伊勢の森の風景もまた、胸に込み上げるものがあった。

つい見惚れていると、燦が芽衣にお猪口《ちょこ》を握らせる。

「今日は、お祝いだよ」

「お祝い……？」

「そう。再会の、お祝い」

「燦ちゃん……」

そう言われて思い出すのは、厨房で燦が妙に忙しそうにしていたこと。

開業前なのにと少し不思議に思っていたけれど、お祝いの準備をしてくれていたのかと、芽衣はようやく納得した。

じわじわと込み上げる喜びに浸っていると、天が芽衣のお猪口に酒を注ぐ。

しかし、途中で突如動きを止め、酒瓶に貼られた銘柄を見てふと眉を顰めた。

「……燦、この酒どうした？」

「え、知らない。ここのお酒は、全部天さんの部屋から運んだものだよ」

「……」

なんだか意味深な反応に、芽衣は不安を覚える。

けれど、天はしばらく銘柄を眺めた後、ふたたび芽衣に酒を注いだ。

「なにか、心配ごとですか……？」

「いや、……これは、俺の部屋になかった酒だ」

「え……？　それ、大丈夫なんですか……？」

「多分」

「多分って……」

普通に考えれば気味が悪いが、天に不審がる様子はない。

そして。

「……この酒は、大山津見が俺と呑むときに必ず持ち込んでいた、奴の気に入りの銘柄なんだ」

突然出てきた馴染み深い名前に、芽衣は思わず目を見開いた。

大山津見といえば、山や酒の神であり、天の呑み仲間でもある。

ここはヒトの世であり、本来なら不思議なことなどほぼ起こり得ないけれど、天の部屋になかった酒が突然現れたとなると、もはや考えられる可能性はひとつしかなかった。

「まさか、大山津見様が……？」

「どういう手を使ったか知らないが、おそらく餞別だろうな」

天は嬉しそうに、けれど少し寂しげに瞳を揺らす。

途端に胸が詰まり、芽衣は天の手から酒瓶を抜き取ると、天のお猪口に注いだ。

「……見守ってくれてるんですね」

そう言うと、天は少し寂しげに笑う。

その反応があまりにも素直で、なんだか胸が締め付けられた。

しかし。

「ねえ、二人の世界に入るのやめて。ってか、乾杯しようよ。早くしないと因幡が全部食べちゃうから」

突如シロが不満気に呟き、芽衣はたちまち我に返る。

「ご、ごめん……」

「まあ、別にいいけどね。……実際嬉しいんだろうし。ってか、僕も嬉しいし」

「シロ……」

「でも、今日はみんなでお祝いだから！　……もう挨拶とかは別にいらないよね。じゃ、乾杯！」

シロはそう言って強引に宴をはじめ、芽衣とお猪口を合わせる。

芽衣はお猪口の中で大きく波打ったお酒にヒヤッとしながらも、この適当な始まりがかえってやおよろずらしいと密かに考えていた。


シロも燦も因幡すらもすっかり眠ってしまったのは、月が高く昇った頃。

一方、天の酒の強さはヒトになっても健在なようで、用意していた酒がすっかり空になってもなお平然としていた。

「そろそろこいつらを運ぶか。……白狐は別に放置でもいいが」

「駄目ですよ、もう狐じゃないんですから。こんなところで寝たら風邪《かぜ》ひきます」

「それはそれで面倒だな」

悪態をつきながらも表情は穏やかで、芽衣はつい笑う。

「……シロも連れてきてくれて、ありがとうございます」

改めてそう言うと、天はやれやれといった様子で溜め息をついた。

「言っておくが、俺の意志じゃないからな」

「ふふっ……」

「……笑うな、嘘じゃない」

「では、そういうことに」

「……おい」

不満げな視線が、余計に笑いを誘う。

けれどこれ以上は怒られそうで、芽衣はわざとらしく視線を逸らし、屋根の上で気持ちよさそうに眠るシロたちに視線を向けた。

しかし、その光景を見た瞬間、唐突に心にざわめきが走る。

その理由は、さほど考えるまでもなかった。

屋根の上、月明かり、すっかり眠る燦やシロや因幡。

脳裏にある寂しい記憶と重なった瞬間、チクリと心が痛む。

「……この光景、ここで皆とお別れした日と同——」

なかば無意識にそう言いかけ、芽衣は慌てて口を噤んだ。

再会を祝ってくれたこの場で、あまり無粋なことを言うべきではないと思ったからだ。

しかし。

「——そう思って、あえてここを選んだ」

天がそう呟いた瞬間、心臓がドクンと揺れた。

「え……？」

聞き返すと、天はまっすぐに芽衣を見つめる。

そして。

「終わりの場所にしたくないだろう。……ここは、お前が気に入ってる場所なんだから」

そう言って、穏やかに目を細めた。

「天さん……」

まさかそんなことまで考えてくれていたなんて思いもせず、嬉しくて胸が詰まる。

すると、天は芽衣の手を取り、そっと引き寄せた。

天の香りと体温に包まれ、途端に涙腺《るいせん》が緩む。

「芽衣」

「はい……」

「ここから、また始めたい」

「……」

「お前と、──今度は、死ぬまで」

呟くようなその言葉で、勢いよく涙が零れた。

芽衣は何度も頷きながら、天の背中に両腕を回す。

「……やっぱり、夢かも」

「またそれか」

「だって……、ずっと夢みたいに幸せなんです。……禰宜の天さんと再会したときから」

「……禰宜は忘れろ」

「忘れませんよ。でも、今思えばちょっと面白かっ……」

「おい」

怒るかと思いきや、天は芽衣の肩に顔を埋めたまま小さく笑い声を零した。

思えば、再会してからの天は、よく笑う。

ほんのかすかに、けれど、どこか幸せそうに。

「……天さん」

「うん？」

「好きです」

「おい、お前酔っ……」

「大好き」

「……」

「……だって、言っておかないと。……ヒトの一生は、短いから」

照れ隠しに付け加えると、天はやれやれといった様子で溜め息をついた。――けれど、芽衣を抱きしめる両腕には、ぎゅっと力が籠る。

その、言葉よりもずっと雄弁な仕草に浸りながら、――芽衣は、一度は終わったはずの旅路に続きがあった奇跡を、幸せな気持ちで噛み締めていた。

双葉文庫

た-46-22

神様《かみさま》たちのお伊勢参《いせまい》り⑫

長《なが》い旅路《たびじ》の果《は》て　後編《こうへん》

2022年10月16日　第1刷発行

【著者】

竹村優希《たけむらゆき》

【発行者】

島野浩二

【発行所】

株式会社双葉社

〒162-8540 東京都新宿区東五軒町3番28号

［電話］03-5261-4818(営業部)　03-5261-4851(編集部)

www.futabasha.co.jp(双葉社の書籍・コミックが買えます)

【印刷所】

中央精版印刷株式会社

【製本所】

中央精版印刷株式会社

【フォーマット・デザイン】

日下潤一

ISBN978-4-575-52613-4 C0193

Printed in Japan